赤い三日月
小説ソブリン債務(上)

黒木　亮

幻冬舎文庫

赤い三日月

小説ソブリン債務

（上）

目次

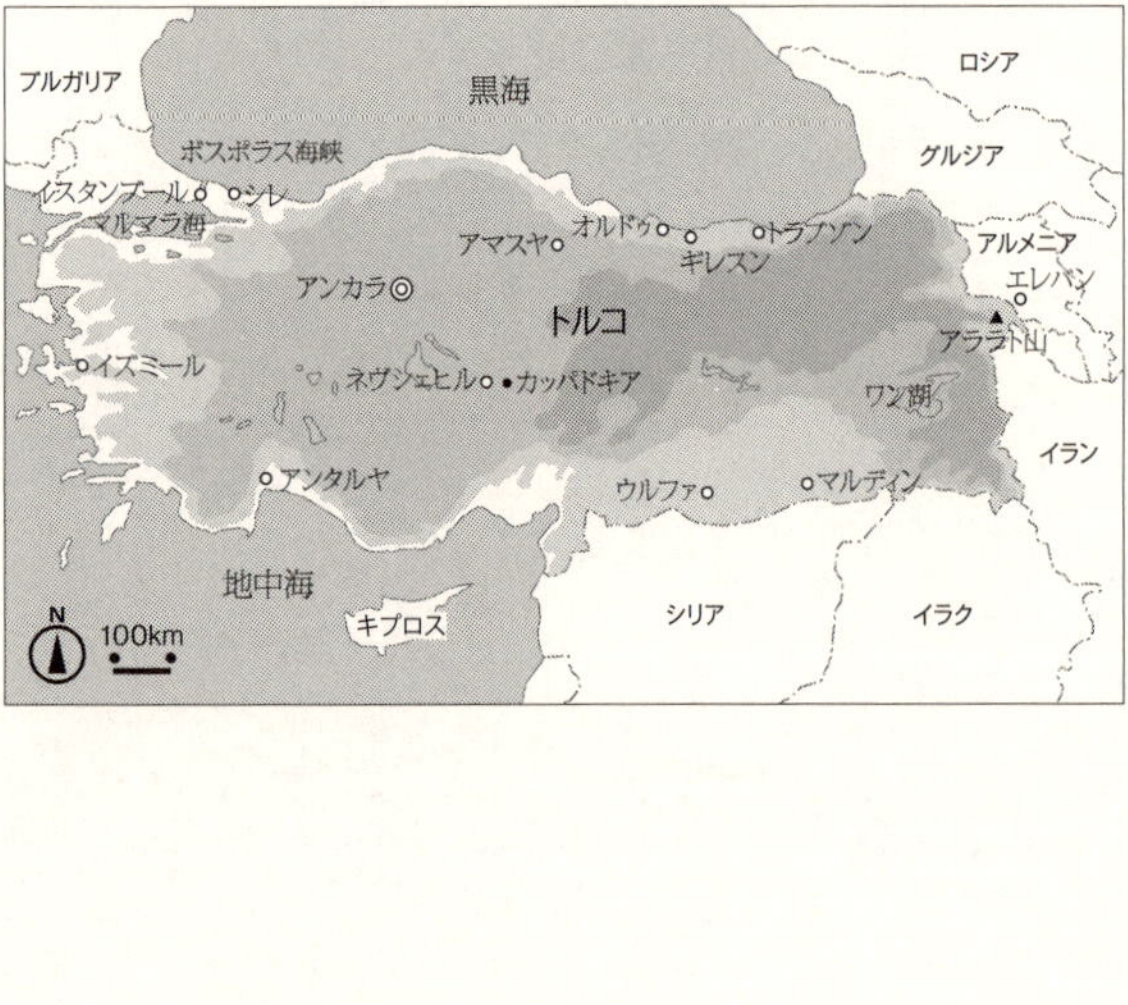
ブルガリア
黒海
ロシア
ボスポラス海峡
グルジア
イスタンブール
シレ
マルマラ海
アマスヤ
オルドゥ
ギレスン
トラブゾン
アルメニア
エレバン
アンカラ
トルコ
アララト山
イズミール
ネヴシェヒル
カッパドキア
ワン湖
イラン
アンタルヤ
ウルファ
マルディン
地中海
キプロス
シリア
イラク
N
100km

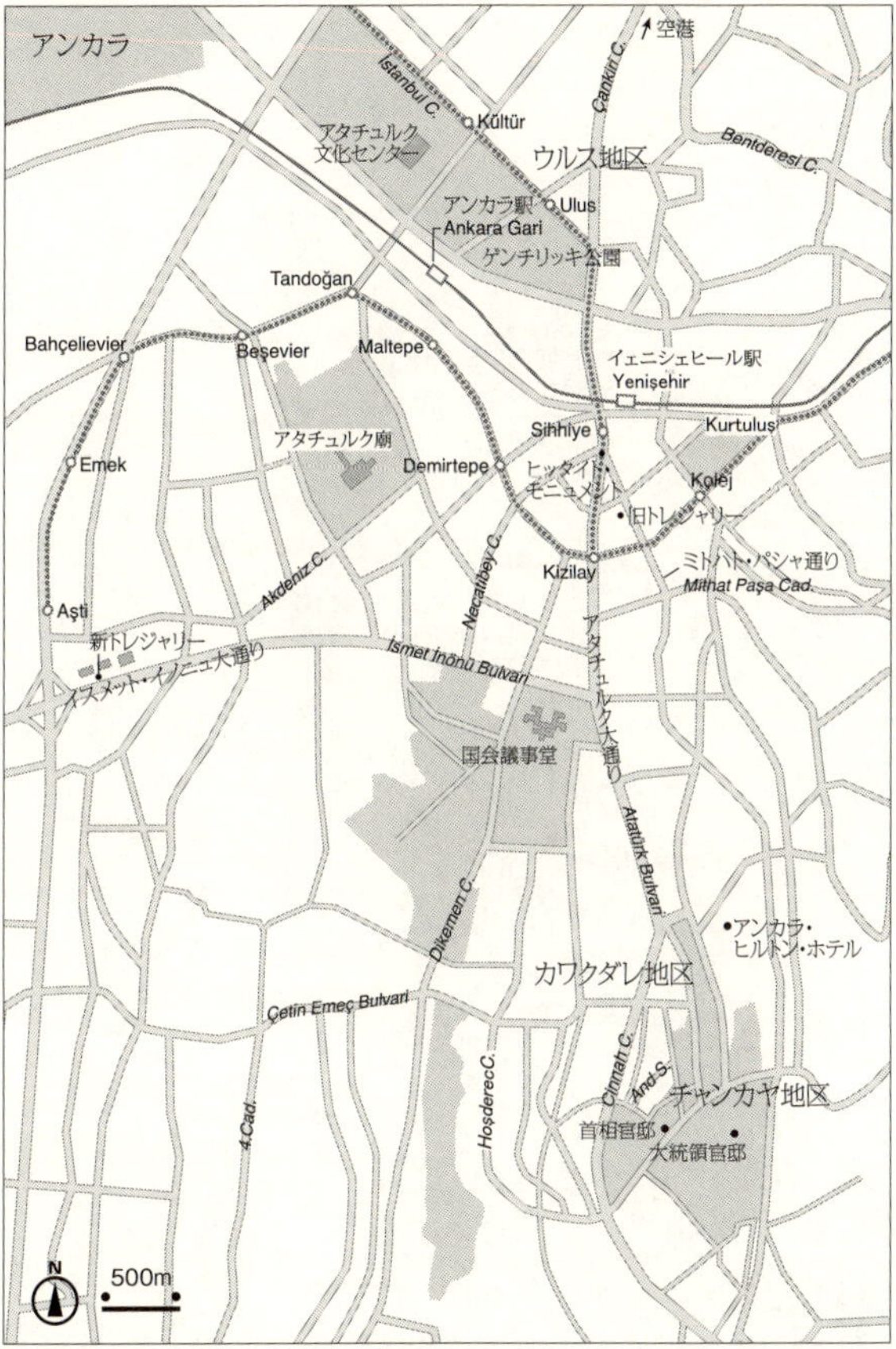

アンカラ
空港
İstanbul C.
Kültür
Çankırı C.
アタチュルク
文化センター
ウルス地区
Bentderesi C.
アンカラ駅
Ulus
Ankara Gari
ゲンチリッキ公園
Tandoğan
Bahçelievler
Beşevier
Maltepe
イェニシェヒール駅
Yenişehir
アタチュルク廟
Sıhhiye
Kurtuluş
Emek
Demirtepe
ヒッタイト・
モニュメント
Kolej
•旧トレジャリー
Akdeniz C.
Necatibey C.
Kızılay
ミトハト・パシャ通り
Mithat Paşa Cad.
Aşti
新トレジャリー
イスメット・イノニュ大通り
İsmet İnönü Bulvarı
アタチュルク大通り
国会議事堂
Atatürk Bulvarı
Dikmen C.
•アンカラ・
ヒルトン・ホテル
カワクダレ地区
Çetin Emeç Bulvarı
Cinnah C.
And S.
チャンカヤ地区
Hoşdere C.
4.Cad.
首相官邸
大統領官邸
N
500m

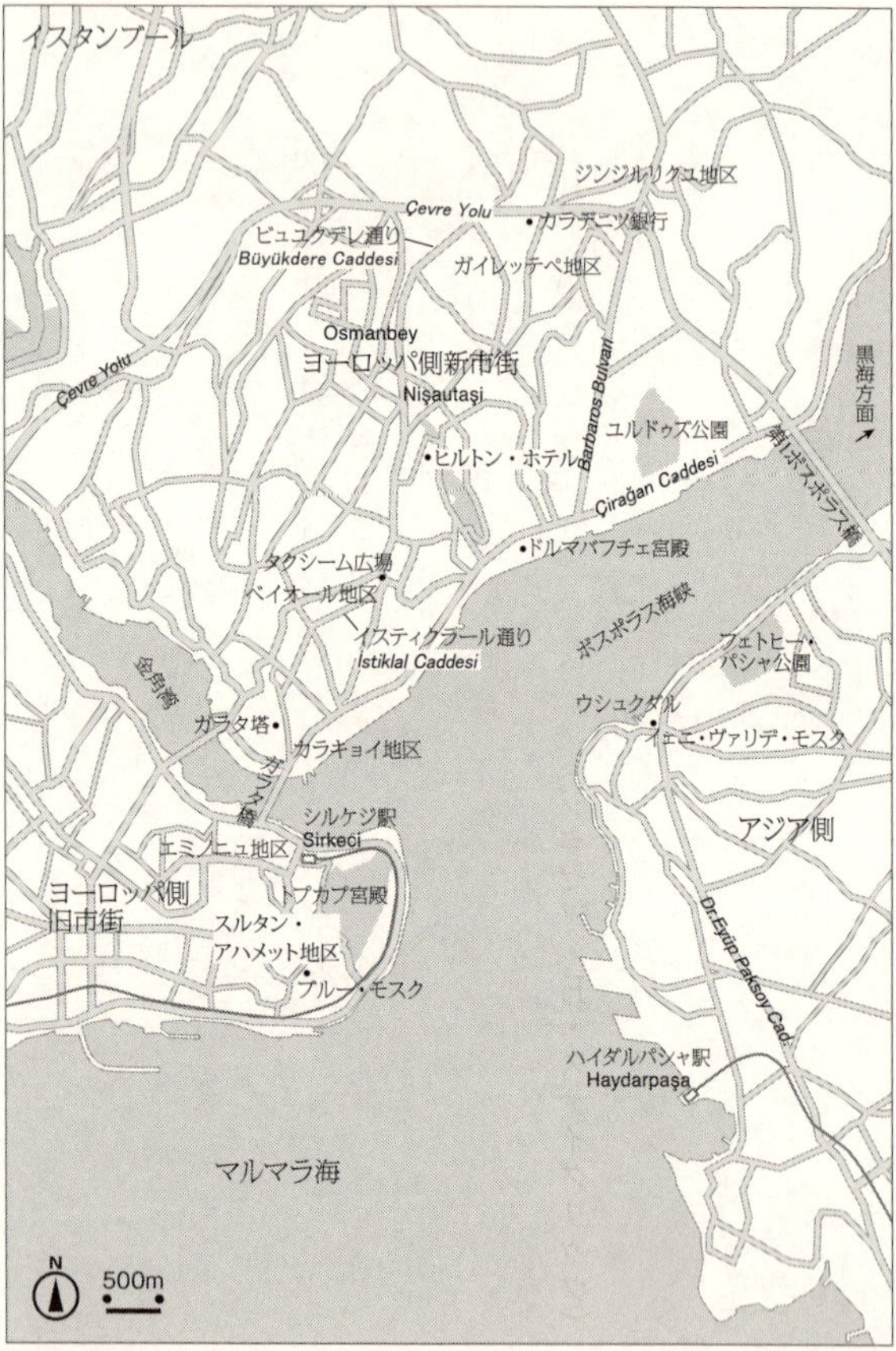

イスタンブール
ジンジルリクユ地区
Çevre Yolu
カラデニツ銀行
ビュユクデレ通り
Büyükdere Caddesi
ガイレッテペ地区
Osmanbey
ヨーロッパ側新市街
Çevre Yolu
Nişautaşi
Barbaros Bulvarı
黒海方面
ユルドゥズ公園
第1ボスポラス橋
ヒルトン・ホテル
Çirağan Caddesi
ドルマバフチェ宮殿
タクシーム広場
ベイオール地区
ボスポラス海峡
イスティクラール通り
İstiklal Caddesi
フェトヒー・パシャ公園
金角湾
ウシュクダル
ガラタ塔
イェニ・ヴァリデ・モスク
カラキョイ地区
ガラタ橋
シルケジ駅
Sirkeci
アジア側
エミノニュ地区
ヨーロッパ側旧市街
トプカプ宮殿
スルタン・アハメット地区
Dr.Eyüp Paksoy Cad.
ブルー・モスク
ハイダルパシャ駅
Haydarpaşa
マルマラ海
N
500m

「ＩＭＦとアメリカ財務省が資本市場の自由化を唱えたことで、もう一つ驚かされたのは、自由化が経済成長を促進するという証拠がまったく見当たらないことだった。それどころか、自由化は不安定さを拡大するという証拠が存在していたのである。（ＩＭＦとアメリカ財務省の政策形成にきわめて大きな役割を果たしている）金融市場参加者は、もちろん市場のボラティリティ（変動性）から利益を得る。」

（ジョセフ・Ｅ・スティグリッツ）

主な登場人物

ニルギュン・エンヴェル……トルコ財務貿易庁資本市場課長
但馬一紀……東西銀行ロンドン支店国際金融課マネージャー
冬木秀作……日和証券国際引受部課長
太刀川利夫……東西銀行バーレーン支店長
古沢……東西銀行ロンドン支店副支店長
ムスタファ・ダニシュマン……トルコ財務貿易庁対外経済関係局長
セラハッティン・チャクマコール……トルコ財務貿易庁対外経済関係局次長
アイシェ・ウズギュン……ボスポラス大学経済学部教授
バリー・ゴールドスタイン……東西銀行ロンドン支店国際金融担当次長
ピーター・フィッシャー……JPモリソン・バイスプレジデント
ワグディー・ラッバート……マンハッタン銀行バイスプレジデント

プロローグ

トルコ共和国の首都アンカラは、アナトリア高原の西寄りに位置している。海抜九〇〇メートル弱の高原都市で、人口は約二百五十万人である。街は大雑把に分けて、オスマン帝国時代からの歴史的旧市街であるウルス地区、共和国建国（一九二三年）以降、政府が計画的に開発した新市街イェニシェヒール地区、それらを取り巻く郊外の三地区からなる。

一九八〇年九月に軍事クーデターが起き、一九八三年十一月に現在のトゥルグト・オザール政権が発足して五年あまりしか経っていない街は、まだ軍政時代の暗さを留め、国の経済は三百七十七億ドルという巨額の対外債務と年率六〇〜八五パーセントの高インフレに喘《あえ》いでいる。

東西銀行ロンドン支店国際金融課に所属する但馬《たじま》一紀《かずのり》は、黄色いプジョーのタクシーに乗り、市街中心部へ続く坂道を下っていた。頭の中で、これから訪問する財務貿易庁に対し、カラデニツ銀行との一件をどう説明するか思案を巡らせていた。ここ三週間、ある協調融資案件に関して、互いの首を締め上げるような交渉を続けてきたが、解決の目処は立っていない。

三十四歳の但馬は、港区三田にある私立大学を卒業後、東西銀行に入行し、最初は東京都郊外の支店に配属され、次に北海道の小樽支店で働いた。その後、証券部でサムライ債（非居住者が日本市場で発行する円建て債券）の受託業務をやり、四ヶ月ほど前に、ロンドン支店国際金融課に配属になった。

黄色のプジョーは、南東から北西の方向にゆるやかに下る一方通行路ミトハト・パシャ通りに入り、やがてトゥナ通りとの交差点に近い十八番地で停車した。

付近は政府関係の役所と商店が入り混じる商業・官庁地区だ。五車線の広い通りの両側から枝を伸ばす、スズカケノ木などの街路樹は、二月初旬の寒気の中で冬枯れている。

夕闇が忍び寄る時刻だった。

長身をベージュのトレンチコートで包んだ但馬は、タクシーの扉を開け、雪が固く降り積もった路上に降り立った。銀行員らしくきちんと散髪し、一重まぶたの眉間のあたりに芯の強さを漂わせていた。真一文字に結んだ唇はやや厚めで、浅黒い顔と相まって南方系の印象を与える。出身は佐賀県佐賀市で、大学時代は合気道に打ち込んだ。

ミトハト・パシャ通り十八番地に建つトルコ共和国財務貿易庁は、くすんだ草緑色のタイルで覆われ、錆びた鉄製の非常階段が外壁に取り付けられた十階建てのビルである。正面右寄りに入り口があり、その前に立つ高さ五メートルほどの国旗掲揚塔に鮮やかな赤地に白い三日月と一つ星を配した国旗が掲げられていた。

国旗の由来には諸説あるが、近代トルコ建国の父（初代大統領）ケマル・アタチュルクが、ギリシャを撃破して国を守ったサカリヤ川の戦場（一九二一年）で、夜、流された血の海に三日月と星が映っていたのを見たからとする説が有力である。

但馬は、ガラスがはめ込まれたアルミ製の扉を押して、薄暗い建物の中に入っていった。すぐ左手にある受付窓口でパスポートを預け、薄茶色のアラバスター（雪花石膏）が敷き詰められた床を奥へ進み、二つ並んだ狭いエレベーターの一つに乗る。

財務貿易庁は、政府の債務を管理する財務部門と日本の通産省（現・経産省）的役割を担っている貿易部門に分かれる。前者は「トレジャリー」という通称で呼ばれ、但馬が用事があるのはこちらのほうである。トルコ共和国の財務・経理部というべき組織で、約千人の職員が働いており、この古びたビルには対外経済関係局（General Directorate of Foreign Economic Relations）がオフィスを構えている。

エレベーターを降りると、廊下に沿って木の扉がついた部屋が並んでいた。

目指すニルギュン・エンヴェル女史の部屋は、扉が半開きになっていて、書類が積み上げられたデスクで、資本市場課長の女史が部下のアイドゥン・ユルマズ青年に、開いた書類を指で指し示しながら、何やら説明をしているところだった。

小柄なユルマズ青年は、ハーバード大学のロースクール（法科大学院）を卒業した秀才だが、入庁して日が浅く、国際金融取引の仕組みを知らないので、エンヴェルが手取り足取り指導している。

「ああ、ミスター但馬、来てたの」

ドアをノックして顔を覗かせた但馬のほうを、エンヴェル女史が振り返った。

「ちょっと今、世銀の借入れの融資契約書を読んでいたところでね。……どうぞ、中へ」

ニルギュン・エンヴェルの縦長の部屋は、奥に執務用のデスクがあり、その手前の壁に沿ってソファーが置かれている。

但馬がソファーにすわると、エンヴェルはソファーの前に置いた事務用の椅子にすわった。

ソファーセット一式が置けるほど部屋は広くない。

「アイドゥンは、だいぶ慣れてきましたか？」

部屋から退出していくユルマズ青年の小柄な背中を見送りながら、但馬が英語で訊いた。

「頭は悪くないので、ポイントを摑むのは早いわね」

大柄なエンヴェル女史は紺色の地味なスーツにスカート姿だった。色白の顔はふっくらとし、頭髪は金髪がかっている。瞳の色は冬の朝のボスポラス海峡の沿岸風景を思わせる灰色である。

「ただ、細部に入り込んでいくと際限なくなるのは、法律家の性癖かしら。ほっておくと自分がやるべき仕事の三段階くらい下の作業にまで手をつけるから」

肉付きのよい顔に苦笑が浮かぶ。しかし全身からは、電流のような緊張感が発している。一瞬の油断で、外国のバンカーたちにつけ入られ、国家に損害を与えることになるので、片時も気をゆるめることがない。

「最近の経済状況はいかがですか？」

但馬は、書類鞄の中からA４判のレポート用紙を取り出した。

「去年（一九八八年）の経常収支は、十五億三百万ドルの黒字になりました。経常収支の黒字は十五年ぶりで、理由は、観光収入が十五億ドルから二十四億ドルへと六〇パーセント増加し、貿易収支の赤字幅が四四パーセント減少して十八億ドルになったことです」

エンヴェルは資料も見ずにすらすらといった。

外国のバンカーに対して、トルコの経済状況を説明するのは、彼女の重要な仕事である。

経常収支は、企業でいうと経常損益にあたり、国家収支の健全度合いをみる重要な指標だ。

「国内投資は十分にコントロールされていて、消費物資の輸入は前年比で減少し、従来イランとイラクの両方から同じ量で輸入していた原油は、価格がバレルあたり三〜四ドル安いイラク原油の輸入を大幅に増やしています……」

女史の言葉にうなずきながら、但馬はレポート用紙にシャープペンシルを走らせる。

一九七八年から一九八一年にかけ、民間債務を含む百五億ドル（推定）の対外債務の繰延《リスケジューリング》べをし、恒常的な経常収支の赤字に悩むトルコは、世界中の銀行からいまだに重病人扱いされている。

東西銀行内でも、案件の申請をするたびに「なぜトルコみたいに危ない国に金を貸すんだ」と国際審査部からいわれるので、但馬は「使えない国枠では絵に描いた餅ではないか。だったらトルコの国枠を廃止して、自分を担当から外してくれ」と反論している。

国の政治経済状況を常時把握し、三年先くらいまでの予測を立て、臨機応変に対処しなくてはならないのは、トルコを担当する人間の宿命である。

エンヴェルのほうでも、こうした外国銀行の立場は重々承知しており、中小企業の経理部長が銀行の担当者に会社の状況を説明するように、微に入り、細をうがって国の状況を説明する。

「……昨年末の外貨準備は六十四億ドルで、前年比二四パーセント増加、輸入カバレッジは四・二四ヶ月分で……」

　デスクの上の電話が鳴った。

「ちょっと失礼」

　エンヴェルが立ち上がり、デスクの受話器を取った。

「アファンデム（もしもし）。……オゥ、グーテン・ターク。……ヤー、ダンケ・シェーン。イッヒ・ハーベ・イーレン・フォアシュラーク・ゲレーゼン。……ゲナウ。アーバー、イッヒ・ビン・ゲラーデ・イン・アイナー・ベシュプレッヒュング……」

　エンヴェルは、流暢なドイツ語でやりとりを始めた。但馬も大学時代にドイツ語を第二語学に選択したので、凡《おおよ》その内容は理解できる。相手はドイツの銀行で、ファイナンスの提案書を財務貿易庁に出しているようだ。

（それにしてもエンヴェルさんは、何ヶ国語を話せるんだ？）

　以前もミーティング中に電話がかかってきたことがあり、その時はイタリア語で相手と話していた。

「ミスター但馬、失礼しました。……今のはコメルツ銀行で、ドイツマルク建てのボンド（債券発行）をやらないかと先日来熱心にいってきているのよ」

　トルコは、三百七十七億ドルに上る対外債務の元利支払いが年間七十億ドル程度ある。毎年、財務貿易庁の対外経済関係局が返済・調達の計画を立て、世界銀行をはじめとする公的融資でカバーできない部分を、債券発行や国際協調融資などの民間資金で調達している。

ドイツとトルコは、オスマン帝国時代から親密で、第一次世界大戦では同じ同盟国に属した。ドイツ国内には、約二百万人のトルコ人移民が暮らしている。ドイツの金融機関や投資家はトルコのことをよく知っており、重要な資金調達源になっている。昨年も四月にコメルツ銀行が主幹事となって、五億マルク（約三百八十億円）の債券（期間七年）を発行した。

外はかなり暗くなり、窓の外に見えるオフィスや家々に灯りが点《とも》り始めた。

エンヴェル女史は立ち上がって、壁の蛍光灯のスイッチを入れた。

「ところで……」

しばらくトルコの最近の状況を聴いたあと、但馬は話題を変えた。今日は、ここからが本題だ。

「例のカラデニツ銀行向けのタバコ・ファイナンスなんですが、ちょっと紛糾してまして……。トレジャリーのほうから、口添えをしていただけないかと思うのですが」

黒海（Karadeniz）を意味するカラデニツ銀行は、イスタンブールに本店を有するトルコの民間銀行だ。

「紛糾している？」

エンヴェルは目をかっと見開き、椅子の上から大柄な身体を乗り出してきた。彼女の注意力は、いつでもスクランブル（緊急発進命令）に対応できるよう、常にアラート（警戒待機）状態にある。

「具体的に申し上げますと、三千万ドルの葉タバコ輸出用のシ・ローン（協調融資）を組成して、ドキュメンテーション（契約書作成）に入ったんですが、カラデニツ銀行の既存の融資契約書の中に、ネガティブ・プレッジ（担保差入制限条項）が入っているものがあることがわかって、葉タバコを担保に入れられないといってきたんです」

ネガティブ・プレッジは、融資契約書の中に規定されることが多い条項で、借り手が自分の資産を他の貸し手の担保として差し入れることを禁ずるものだ。

「本当に？　だとすると、ファイナンスの前提が崩れるわけね」

葉タバコのファイナンスは、カラデニツ銀行が借入人となり、資金を国内の葉タバコ輸出業者に転貸する。輸出業者は、その資金で葉タバコを買い付け、輸出して、借入れを返済する。融資を受けている間、輸出業者は葉タバコの在庫をカラデニツ銀行に担保として差し入れ、カラデニツ銀行は、それを三千万ドルの協調融資団に対して担保として差し入れる。

「もうシ団（協調融資団）も出来上がって、全部で十一の銀行が参加コミット（確約）しているので、今さら、葉タバコを担保に入れられないといわれても困るんです」

主幹事は東西銀行で、葉タバコを担保に差し入れることは、カラデニツ銀行に対する融資の提案書（長さ一メートル弱のテレックス）や、参加見込み銀行に送った参加招聘状《インビテーション》にも明記してある。

「どうしてそういうことが起きたわけ？」

「カラデニツ銀行の単なる不注意です。いざドキュメンテーションの段になって、先方の法律顧問のホワイト&リードに指摘されたんだそうです」

ホワイト&リードは米系の法律事務所で、イスタンブールにオフィスを構えている。

「それで、カラデニツ銀行側は何といっているわけ？」

但馬をぐっと見つめながらエンヴェルが訊いた。閻魔様か仁王様が大画面のスクリーンで迫ってくるような迫力だ。

「自分たちの不注意についてお詫びはするが、カラデニツ銀行は信用力の高い銀行なので、担保なしでも参加銀行は納得するはずだの一点張りです」

但馬の頑固一徹の顔に、疲労感がよぎる。

「ネガティブ・プレッジが付いているローンを、繰上げ返済することはできないの？」

「それはやりたくないそうです。そのローンは期間が長くて、金利が低いんだそうです」

「なるほど……」

エンヴェルは、考え込む。

「残念ですが、トレジャリーとして、してあげられることはないわね」

「しかし、このままではシ団は空中分解して、案件をマーケットからプルアウト（引き揚げ）しなくてはなりません。そうなれば、トルコという国の評判にも傷が付きます」

但馬は、トレジャリーからカラデニツ銀行に圧力をかけてもらい、件《くだん》のローンを繰上げ返済してもらうか、その銀行と交渉させ、ネガティブ・プレッジを外してもらうしかないと考えていた。

「ミスター但馬、今、たくさんのトルコの銀行がユーロ市場に出て借入れをしています。我々が眉をひそめるような高い金利で借りている銀行もあります。しかし、トレジャリーとしては、彼らの一挙手一投足までいちいち指導するつもりはありません」

案件をマーケットからプルアウトするなどという事態になれば、理由はどうあれ、主幹事銀行である東西銀行の名声にも傷が付く。エンヴェルはその辺のことも読んで、東西銀行に一汗流させようと目論《もくろ》んでいるようだ。

「電話の一本でもいいですから、かけていただけませんか？」

食い下がってみたが、女史は首を振った。

「トレジャリーとしては、カラデニツ銀行が、独力で問題を解決して、国際的スタンダード

（水準）の銀行に育ってほしいと思っています」

「そうですか……」

但馬は唇を噛む思い。

「カラデニツ銀行ともう一度交渉するしかないということですか」

残念そうな表情で立ち上がる。

「幸運をお祈りします」

エンヴェルも立ち上がり、右手を差し出した。


ビルを出ると、辺りは夕闇で藍色に染まり、帰宅する車やバスが、ミトハト・パシャ通りを流れていた。コート姿の人々がキュッ、キュッと雪を踏みしめながら、かたわらを行き過ぎる。気温は五度くらいしかなく、頬や耳がかじかんでくる。

但馬は、ホテルに戻る前に、エンヴェルとのやりとりを面談メモにまとめてしまおうと思って、通り沿いにある一軒の喫茶店に入った。

歩道に面した側が全面ガラス張りの店で、内側にコーヒーやジュース、サンドイッチ、キョフテ（羊肉のハンバーグ）などの絵が描いてある。

タバコの煙が充満する店中では、スーツやセーター姿の中高年の男たちが四人一組でテーブルを囲み、チャイ（茶）を飲んだりタバコを吸ったりしながら、数字を書いた小さなプラスチックの板とサイコロを使って、「オケイ（okey）」と呼ばれるゲームに興じていた。縦横二〜三センチ、厚さ数ミリのプラスチックの板を動かす手つきや、場に積み上げた板をとる手つき、板をじゃらじゃらとかき混ぜる手つきは、麻雀そっくりだ。トランプに興じている男たちも何組かいた。

但馬は空いている席の一つにすわり、書類鞄の中から面談記録用紙を取り出した。東西銀行の書式で、面談日時、相手方の氏名や肩書き、話し合った内容を書き込むようになっている。

（バリーは、ボロワー〈借り手〉が当初の条件を守れないようなふざけた案件は、マンデート〈融資団組成委任、すなわち主幹事〉を返上してしまえというが……）

シャープペンシルを用紙の上に走らせながら、国際金融担当次長の米国人バリー・ゴールドスタインとの会話を思い出す。

米銀からスカウトされたテキサス生まれの米国人で、身長が一九六センチもあって、気性が荒く、誰彼かまわず怒鳴り散らすので、英国人の部下たちが戦戦恐恐としている。

（案件を放り出せるものなら、放り出したいのは山々だが……）

面談記録を書く手を止め、チューリップのような形のガラスの器に入ったチャイを口に運ぶ但馬の顔に、胸中の重苦しさが滲《にじ》む。

案件を放り出せないのは、単に東西銀行の名誉のためだけではなかった。

四ヶ月前にロンドン支店国際金融課に着任して以来、初めて自分で獲得した主幹事であり、なんとしてでも成功させたかった。それは、同じ国際金融課にいる同期のライバル巽《たつみ》と若園《わかぞの》に負けたくないからでもあり、また、常に自分の失敗を待ち望んでいる行内の敵、バーレーン支店長の太刀川《たちかわ》に、つけ入る隙を与えないためでもあった。

(それにしても……カラデニツ銀行に関する情報収集が足りなかったか……)

但馬はほぞを噛む思い。

ふと、大学のゼミの先輩で、大手証券会社、日和《にちわ》証券に勤務している冬木秀作《ふゆきしゅうさく》の顔が思い浮かんだ。父親が実業家兼政治家で、母親は新橋芸者という複雑な生い立ちで、「物事には必ず両面がある」が口癖の男だ。大手製鉄会社に勤務していたが、父親が道路建設をめぐる汚職事件に連座すると同時に心臓病で倒れたため、会社を辞めて父親の事業の支援と清算に携わったあと、中途採用で日和証券に入社していた。

(冬木さんなら、自分のようなヘマはしないだろうなあ……)

但馬は一つため息をつき、再び面談記録用紙にシャープペンシルを走らせ始めた。

同じ頃——

ニルギュン・エンヴェルは一日の仕事を終え、財務貿易庁の近くの食料品店で買い物をしていた。

ミトハト・パシャ通りを少し下った場所にある店の軒先の電灯の下には、殻付きヘーゼルナッツやオレンジ、色鮮やかなトマトなどが段ボール箱の中に並べられていた。

入り口を入ると、左手に店主の老人が帳場のようなデスクにすわっており、頭上の壁に、タキシードを着たケマル・アタチュルクの肖像画が掛かっている。

コート姿のエンヴェルは、野菜のコーナーで、煮物に使う豆や茄子、真っ赤な唐辛子などを手早く選び、手に提げた赤いプラスチックの買い物籠に入れていく。冷蔵庫のチーズが減っていたのを思い出し、奥の一段高くなった乳製品のコーナーでチーズを買い、羊肉とハチミツも買った。

「寒いですね」

支払いを済ませ、品物を入れたビニール袋を手に提げたエンヴェルは、出口のところで店主に声をかけた。

「あなたも毎日遅くまで頑張るね。気をつけてお帰り」

毛織の上着を着た、ごま塩鬚の老人は、エンヴェルに微笑《ほほえ》みかけた。

エンヴェルは店を出ると、ミトハト・パシャ通りにある別の役所の前から、公務員通勤用のバスに乗り、家路についた。

すでに夜の帳が下り、あちらこちらの商店が電灯を点していた。貧しい電球の光と、煌々とした蛍光灯の光が入り混じる、いかにもエマージング・カントリー（新興国）らしい風景だ。

エンヴェルは食料品の入ったビニール袋を膝の上に載せ、バスに揺られながら、雪が降り始めたアンカラの街を眺める。

通りには、赤い国旗を掲げた官庁や国営企業の建物が多い。街路樹や公園の木々は、ポプラ、カラマツ、白樺といった、イランや中央アジアで見られるものが目立つ。イスタンブールでは見ることもない、全身を真っ黒なチャドルで覆った女性が通りを歩いている。

トルコは第一次大戦（一九一四年〜一九一八年）に敗北したあと、英国、フランス、イタリア、ギリシャ、アルメニアによって分割されるところだった。そのとき、第一次大戦でめざましい活躍をしたトルコ軍の准将、ケマル・アタチュルクが救国闘争を開始し、本拠地としたのがこの街である。一九二三年に共和国が建国され、首都に定められた当時は人口二万人の田舎町だった。

イスタンブールで生まれ育ったエンヴェルにとって、何年暮らしても、アンカラは好きになれない異郷である。ここには青い海峡もなく、歴史の香りもない。あるのは実務一点張りの灰色のビルや計画的に造られた道路ばかりだ。たまに見る子供時代の夢は、スルタンたちの煌《きら》びやかな宮殿や、赤い路面電車が走る石畳のイスティクラール通りなど、イスタンブールの光景ばかりだった。

エンヴェルは車内に視線を戻し、朝から読みかけのままだった新聞を開いた。

政治面に、現首相のトゥルグト・オザールの顔写真があり、「インフレを抑えるため、政府の国内債務と対外債務を抑制する方針を引き続き維持する」というコメントが出ていた。オザール首相は、緊縮財政方針を維持することによって、インフレ率の引下げに成果を挙げていた。

これに対し、イスタンブールの名門大学であるボスポラス大学経済学部の女性教授アイシェ・ウズギュンが、「緊縮財政によって消費が落ち込み、暮らしぶりが悪くなったと国民は嘆いている。政府は確たる長期的方針を持っておらず、電卓を二、三度叩いただけで、政策を決めている」という、批判のコメントを寄せていた。女学生を彷彿《ほうふつ》とさせる童顔で知的な雰囲気のウズギュンの顔写真も掲載されていた。年齢はエンヴェルより二歳年下の四十二歳である。

エンヴェルは、不快感を覚えた。

ウズギュンは、その取り澄ました美貌や華やかな経歴とは裏腹に、腐敗の臭いがつきまとう女である。夫のカイハン・ウズギュンと共に米国の土地を買い漁ったり、トルコにおけるセブン－イレブンの代理権を得たりしているのはまだしも、カイハン・ウズギュンが頭取を務めていたイスタンブール銀行が、アイシェ・ウズギュンの七つの会社に多額の融資を行ったが、六年前に経営破綻するという事件があった。政府は、その年の国家予算の二パーセントを、イスタンブール銀行の破綻処理に投じざるを得なくなり、トレジャリーでその事務処理に携わったのがエンヴェルだった。アイシェ・ウズギュンの会社に対する融資について調査が始められたが、ウズギュンらが政治家に金をばら撒いていたため、うやむやのまま途中で打ち切られた。

（本当に、この国は……！）

政治の腐敗は、常にトレジャリーの職員を悩ませる問題だ。政治家がしょっちゅう電話をかけてきて、自分の親類や支援者が関与する会社やプロジェクトに融資をしろといってくるのだ。

公務員送迎バスは、乗客たちを乗り降りさせながら、市内中心部の目抜き通りであるアタチュルク大通りを進み、やがて左折してカワクダレ地区に入った。首相官邸などがある高台のチャンカヤ地区ほどではないが、比較的裕福な人々が住む住宅街だ。

ニルギュン・エンヴェルの自宅は、緩やかな坂道の途中にある五階建てのマンションである。外観は立方体に近く、壁はベージュ色で、各戸の窓は大きく、それぞれにベランダが付いている。

ビルの脇にある小さな出入り口を入ると、壁に白い木製の郵便受けが十五個付いている。その先にエレベーターが一基あり、そばの壁に真鍮製の表示板が六つ出ている。ビルに入居している歯科医、皮膚科医、不動産屋などの看板だった。

「お母さん、お帰りー。お腹すいたー」

三階にある自宅の木製の扉を開けると、高校生と中学生の二人の娘は居間でテレビを観ていた。通いの家政婦が週に二回来てくれているので、掃除は行き届いている。謝礼は一回五万トルコリラ（約三千五百円）である。

「はいはい、今、つくりますからね。……あんたたち、テーブルにお皿並べてくれる？」

コートを脱いで雪を払い、部屋着に着替えて、キッチンに立った。

冷蔵庫から、前の晩につくった白インゲン豆や羊肉をトマトソースで煮込んだシチューの鍋を取り出してガスレンジにかけ、トマトとキュウリを手早くダイス状に刻んで、みじん切りにしたタマネギ、パセリ、黒オリーブなどと混ぜ、塩とレモン汁を振りかける。大きなフライパンを取り出してバターを引き、タマネギと羊のレバーを炒め、冷蔵庫に保存してあった米を取り出し、水、トマトペーストと一緒にフライパンに加えて炒め、松の実、干しブドウ、香辛料などを加える。

「うわぁー、いい匂いー！」

皿を取りにきたユルドゥズという名の中学生の娘が歓声を上げた。

ものの十五分ですべての料理を仕上げ、エンヴェルは、居間の半分を占めるダイニングテーブルに二人の娘と一緒についた。

「アフィエト・オルスン」

「アフィエト・オルスン」

天井から降り注ぐオレンジ色の光に包まれたテーブルで、母と娘たちは声をかけ合って食事を始めた。「アフィエト・オルスン」は美味しく召し上がれ、という意味だ。

窓の外の雪のカーテンの向こうには、付近のマンションの明かりや、街路のクロエゾマツに似た松の木の大きな黒い影が映っている。

「さっきお父さんから電話あったよ」

サラダを食べながら、高校生の娘がいった。

五歳年上の夫は、アンカラ大学政治学部で国際関係論の教授を務めている。

「今晩も、学会の準備で遅くなるって」

「ああそう、何だって？」

両親の仲がしっくりいっていないのを薄々感じている娘は、一瞬、母親に探るような視線を投げかけた。

「ああ、そうなの。……今度のは大きな学会だから、準備が大変のようね」

エンヴェルは、白インゲン豆と羊肉のトマト・シチューをスプーンで口に運びながら、少し憂鬱な気持ちになった。

ここ半年くらい、夫は自分に対して「お前は家事がなっていない」とか「お前は気がきかない」と、事あるごとに詰《なじ》るようになった。最近は酔って帰宅することが多く、上着のポケットから、若い女が使うようなハンカチが出てきたこともある。

「ところで、ユルドゥズ、勉強は進んでるの？」

エンヴェルは、ピンクのセーターを着た中学生の娘に訊いた。「アナドル・リセシに進みたいのなら、もうちょっと成績をよくしないと駄目だって、こないだ先生がいってたでしょ」

アナドル・リセシは、アンカラ随一の進学校である。子弟を入学させたい親たちは、中学生くらいから塾に通わせる。

「うーん、英語がちょっと……」

トルコ語で「星」を意味する名前の娘は、スプーンでピラフを口に運びながら眉間に皺を寄せた。

「わからないことがあるの？」

「うん……塾で英文を訳す宿題が出たんだけど、政治とか経済の文章で、よくわからないのよ」

「政治とか経済の文章？　ふーん、そんなものまで宿題に出すの？　……じゃあ、あとでお母さんが見てあげる」

夕食のあと、娘たちに勉強を教えたり、仕事関係の書類を読んだりしてから、翌日の朝食や夕食の下ごしらえをするのがエンヴェルの日課だった。就寝はいつも十二時頃で、翌朝は六時頃に起床し、一家の朝食を整える。


翌日――

午前中の飛行機で、アンカラからイスタンブールに移動した但馬は、雪が舞う中、金角湾にかかるガラタ橋の上を歩いていた。

茶色がかった緑色のボスポラス海峡は、音を立ててコンクリートの岸壁に打ち寄せている。

黒い鵜《う》が浮かぶ海面を無数のカモメが乱舞し、赤いトルコ国旗を船尾に立てた白い二〜三層建てのフェリーがいくつも往き交っている。ヨーロッパ側とアジア側を結ぶフェリーである。

幅二五メートル、長さ四六六メートルの橋の上で、何百人もの男たちが釣り糸を垂れていた。餌は小エビや鰯《いわし》で、釣れるのは大ぶりの鰯やイスタヴリットという鯵《あじ》に似た銀色の魚である。平日の日中に、若い男から老人まで、これだけの数の男たちが釣りをしている光景は、この国の失業問題の深刻さを表している。

細かい雪が、海峡からの風に吹かれ、方向感なく舞い続ける中を、但馬は、ヨーロッパ側の旧市街から新市街の方向へと歩いていった。正面左手には、ガラタ塔を中心に、色とりどりの屋根と壁を持つ古い家々が小山のように密集しているベイオール地区が見える。かつてジェノバ商人やギリシャ人、アルメニア人、亡命ロシア人などが移り住んだ古い地区で、今でも彼らの末裔が住んでいる。

北の方角に視線を転じると、全長一〇七四メートルのボスポラス大橋が雪のカーテンの彼方《かなた》に姿を見せ、その下の波立つ海峡を、黒い大きな貨物船やタンカーなどがゆっくりと往き来している。ボスポラス海峡は、黒海と地中海を結ぶ国際海峡で、一九三六年のモントルー条約によって、商船の自由航行や軍艦の航行制限などが定められている。

海峡は、遠くに行くほど青さを増し、時おり、ボーッという汽笛の音が聞こえてくる。

「アッラーフ・アクバル！　（アラーは偉大なり！）」

背後のエミノニュ地区にあるモスク「イェニ・ジャミイ」から祈りを呼びかける「アザーン」の声が、スピーカーを通して朗々と響き渡ってきた。

「イェニ・ジャミイ」は、一五九七年にスルタン・ムラート三世の妻によって建設が命じられ、一六六五年に完成した灰色の大モスクである。二本のミナレット（尖塔）と六十六個のドームを持ち、中央のドームの高さは三六メートルある。

「アッラーフ・アクバル！　（アラーは偉大なり！）アシュハド・アン・ラー・イラーハ・イッラッラー（アラーのほかに神はなし）……」

トレンチコートを着て黒革の書類鞄を提げた但馬は、寒風に頬をなぶらせ、コーランの朗誦、潮や魚の匂い、物売りの声、車の排気音などの中を歩き、橋のたもとで黄色いフォードのタクシーを拾った。

「ビュユクデレ・ジャッデス（ビュユクデレ通りまで）」

肩や腕にかかった雪を払いながら告げると、白髪の年輩の運転手は、トルコ語で何か訊き返してきた。おそらく、ビュユクデレ通りのどこかを訊いているのだろうと但馬は思った。

「カラデニツバンカス、ゲネル・ミュドゥルリエ（カラデニツ銀行の本店へ）」

運転手はうなずき、アクセルを踏んだ。

但馬は、運転手の肩越しに、メーターが黒地に赤い電光文字で「Gündüz（昼間）」と表示されているのを確認して、シートに背中をあずけた。

ビュユクデレ通りは、イスタンブールのヨーロッパ側新市街の北東の端をコの字型に切り取るようにして走る動脈である。


ガラタ橋から車で十五分ほどのカラデニツ銀行本店前では、乗用車やバス、小型トラックなどがひっきりなしに左右合計八車線の広い通りを流れていた。

カラデニツ銀行本店は、通り沿いに建つ四角い十階建てのビルである。隣りは、一階にフィアット（伊）と地元のコチ（Koç）財閥の合弁自動車メーカー、トファシュ（Tofaş）のショールームがある商業ビル、そのさらに隣りは、サウジアラビアに本店があるイスラム金融機関アル・バラカ・グループのトルコ現地法人のビルだ。

十階の国際部長室にいくと、女性国際部長のアイダ・トクゴズと米系法律事務所ホワイト&リードの米国人弁護士が、執務机の前にあるソファーセットで待っていた。

「ミスター但馬、ウェルカム・バック・トゥ・イスタンブール！」

黒っぽいスーツで中背の身体を包んだトクゴズが、満面の笑みでソファーから立ち上がり、抱きつかんばかりにして但馬と握手を交わした。

ビジネスで対立していても、外国人に対しては、最大限の歓迎の意を表すのがトルコ流だ。

四十代前半のトクゴズは、コルレスバンキング（外国銀行との預金・送金・信用状などの取引）の世界で長年働いてきた古狸だ。米国人弁護士のほうは、あまり笑わない三十歳くらいの長身の男である。

少し雑談をしてから、但馬が英語で本題を切り出した。

「……例の三千万ドルの葉タバコ輸出用のシ・ローン（国際協調融資）ですが、リード・マネージャー（幹事銀行）とも話してみましたが、担保を差し入れてもらえないのであれば、彼らは、降りるといっています」

三千万ドルは、東西銀行と新神戸銀行がそれぞれ千五百万ドルを引き受け、一般参加銀行を募《つの》った。

「すでに説明したとおり、既存の融資契約書にネガティブ・プレッジ（担保差入制限条項）が入っているので、葉タバコを担保として差し入れることはできない」

金髪で長身の米国人弁護士が、にこりともせずにいった。

「では、どういう解決方法をお考えなのでしょうか？」

但馬は、内心むっとしながら訊いた。「すでに十一の銀行が参加コミット（確約）し、シ団（協調融資団）も出来上がっているのです」

二人の顔を見すえると、アイダ・トクゴズが口を開いた。吊り上がり気味の両目は細く、鼻梁は高く、東欧系の顔立ちである。茶色がかった頭髪を肩のあたりで切り揃え、毛先を軽くカールさせていた。

「ミスター但馬、我々は国際的に名前のとおった銀行です。世界中の銀行が、我々のことを高く評価してくれています。ですから、担保なしでも、その十一の銀行はシ団に留まってくれるはずです」

微塵も臆面なくいった。

(国際交渉においては、多少のゴリ押しは必要だが、この女の面の皮の厚さは、カバかサイ並みだな……)

「今、申し上げたとおり、新神戸銀行は、担保が差し入れられないなら、本件から降りるといっています。リード・マネージャーが降りれば、シ団は空中分解します」

一般参加銀行は、案件の質を判断するにあたって幹事銀行の顔ぶれを一つの拠り所にする。幹事が案件から降りるなどという事態は一大事である。

「アイ・ドント・スインク・ザット・ウィル・ハプン(そうなるとは思いません)」

トクゴズは、言下に否定した。

「我々は信用力の高い銀行です。これまでユーロ市場で何度も借入れをしてきましたが、元利払いを遅らせたことは皆無です。本件は、ＬＩＢＯＲプラス一加八分の一（一・一二五パーセント）も払う金利の高い案件です。参加銀行にとって、またとないよい投資機会だと思います」

ＬＩＢＯＲ（ライボー）とは、ロンドンの銀行間市場における金利（いわば銀行の仕入れ値）で、国際融資の金利を決める際の基準に用いられる。

（これじゃ、前回の交渉とまったく同じじゃないか！　こいつら、自分たちで問題の原因を作ったくせに、進んで解決しようという気持ちがないのか⁉）

但馬は心の中で悪態をついた。

（米銀あたりが主幹事なら、冗談じゃない！　と、とっくの昔にマンデート〈主幹事〉を突き返しているんだが……）

簡単に主幹事を放り出せない状況の自分を呪った。同期の巽や若園との競争や、バーレーン事務所の太刀川との抗争以外にも、但馬は、重大なアキレス腱を抱えていた。

（決裂すれば、こいつらは、弁護士費用も払わないに決まっている……）

すでに、融資契約書の草案作成のために、一万ポンド（約二百二十五万円）近い弁護士費用を使ったが、それをカラデニツ銀行に払わせられるかどうか、心もとない。国際融資の提案書の中には、「本融資に係る融資契約書等関係書類の交渉・作成・執行と、本件の広告のために、主幹事銀行が使った費用は、融資が完了ないしは実行されない場合であっても、借入人の負担とする」という一文を必ず入れる。しかし経験の浅い但馬は、それをうっかりして忘れてしまった。

たとえこの一文が入っていなくても、融資ができなくなったことの原因は、カラデニツ銀行の不注意にあるので、法律的にいって、すでにかかった弁護士費用は、カラデニツ銀行が支払うべきである。しかし、トクゴズと米国人弁護士の態度からいって「我々はそんなものは払わない」といってくるに決まっている。

（あのミスさえなければ、マンデートを突き返せるのに……）

主幹事返上をいい出せないまま、但馬はこの三週間ずるずると交渉を続けていた。

カラデニツ銀行側は、但馬が引くに引けない状況に陥っていることを察知し、自分たちの主張をごり押ししている。

「わたしには、担保なしで参加するように、各銀行を説得できるとは到底思えません」

但馬は、やや厚めの唇を真一文字に結んで、トクゴズと米国人弁護士をきっと見据えた。

「この問題は、カラデニツ銀行が既存の融資契約書をきちんとチェックしないで、融資の提案を受諾したことから生じたものです。……貴行のほうから、問題の解決策をお聞きしたいと思います」

「わたしたちの主張は従前のとおりです。担保なしで、銀行団がこの融資を実行することが唯一の解決策です」

（このくそ女……！）

但馬は心の中で歯噛みする。

「ミスター但馬、まあ、チャイ（お茶）でも飲んでください。今日は、リゼのいいお茶で淹れましたから」

トクゴズが微笑とも冷笑ともつかぬ笑みを浮かべ、チューリップ型の小さなガラスの器に入った琥珀色の茶をすすめた。リゼはロシアに近い黒海沿岸の小さな町で、有名な紅茶の産地である。

どうやって局面を打開したものかと考えを巡らせながら、但馬は、ゆっくりと紅茶をすすった。

部屋には廊下側に大きな窓があり、国際部の行員たち十人ほどが、テレックスを打ったり、電話をかけたりしているのが見える。

カラデニツ銀行は、トルコで七、八番目の銀行である。支店数は百六十、従業員は約二千八百人で、日本の地銀並みだが、総資産はドル換算で十三億ドル（約千七百億円）にすぎず、日本でいえば信用金庫かそれ以下だ。

「アイダ、我々はこの問題をもう三週間も議論しています」

ガラスの器を金属製の皿の上に戻していった。

「東西銀行としても、いつまでも議論を続ける気はありません。何らかの解決策について合意できなければ、マンデート返上もやむないと考えています」

カラデニツ銀行側の二人は、表情を動かすことなく、但馬の話を聞く。

「しかし、すでにユーロ市場でローンチ（組成開始）し、シ団も出来上がった案件をプルアウト（引き揚げ）することになれば、カラデニツ銀行の名声に傷が付くことになり、我々としても、そういうことはしたくありません」

協調融資の案件を市場でローンチすると、ロイターやＩＦＲ（International Financing Review＝週刊の国際金融誌）といったメディアで条件などが詳細に報道され、組成の行方が注目される。案件が途中で中止になったりすると、借入人の信用に問題が生じたのではないかという憶測を呼び、協調融資以外の取引にも影響が出てくる。

「問題を解決したいのは、わたしたちも同じです」

トクゴズが、強張ったような微笑を浮かべた。

「シ団に参加している十一行は、カラデニツ銀行にとって大事な取引先ですから」

十一の銀行は、日本、ヨーロッパ、中近東の銀行などであったが、これらの銀行は、今回の協調融資以外にも、カラデニツ銀行に対して、短期の資金放出（一晩から三ヶ月程度の預金）や、ＬＣ（輸出信用状）確認（保証）といった与信を行っている。

「ミスター但馬は、解決方法について、何かお考えがありますか？」

「担保も入れられない、既存の融資も返済できないというのであれば、取りうる手立ては一つしかないと思います」

二人がじっと但馬を見る。

「融資の金利を引き上げることです」

「金利を引き上げる……？　どれくらいにするわけですか？」

「ＬＩＢＯＲプラス二パーセントくらいにする必要があると思います」

その瞬間、女国際部長は大仰に身体を仰け反らせ、米国人弁護士は、「けっ！」と吐き捨てた。

「ワン・アンド・ワン・エース（一・一二五パーセント）からツー・パーセントに引き上げるなどとは、冗談としか思えませんね」

トクゴズは東欧風の顔にわざとらしい驚きの表情を浮かべる。

「東西銀行は、相手のミスに付けこんで法外な金利を要求している！　こんなことは、許されるべきではない！」

米国人弁護士が気色ばむ。

（余計なお世話だ！　そもそも、なぜ弁護士がコマーシャル・マター〈商業的な問題〉に嘴《くちばし》を突っ込むんだ⁉）

融資に関する交渉は、金利や手数料といったコマーシャル・マターとリーガル・マター（法律問題）に分けられ、弁護士が意見を述べるべきはもっぱら後者だ。

「葉タバコの担保を入れる前提の融資のマージン（上乗せ利鞘）は一・一二五パーセントです。それが、まったくの無担保貸しになるのですから、二パーセントという水準はおかしなものではありません。また、仮に二パーセントに引き上げても、参加銀行が納得してくれるかどうかもわかりません」

但馬は強い口調でいった。

「申し訳ないですが、ミスター但馬のおっしゃることには、まったく同意できません。カラデニツ銀行は国際的に信用力のある銀行です。金利の引き上げなどしなくても、参加銀行は納得してくれるはずです」

トクゴズは話を振り出しに戻す。

「そうは思いません。担保を差し入れることができなくなったのなら、金利を引き上げるのが当然です。マーケットの常識です」

但馬の浅黒い顔がうっすらと紅潮する。

「我々は、金利の引き上げには応じられません」

「どうしてですか？　これはマーケットの常識だと思いますが」

「我が行は、そういうことはできないのです」

「できないはずはありません。たった〇・八七五パーセントの違いではないですか」

現在、六ヶ月LIBORは九・五パーセント程度なので、マージンを加えた仕上りは一〇・六二五パーセントから一一・五パーセントに上る。

「我々にとっては、受け入れられないことです」

「それでは問題は解決できません」

「無理なものは無理です」

トクゴズは、執拗に反論する。

「ならば、理由を説明してください」

「それが我々のプリンシプル（主義）だからです！」

斬りつけるような声が室内に響き渡った。

（プリンシプル……またか！）

但馬は、むっとした顔で黙り込む。

（プリンシプルとは、何と便利な言葉か！　理由を説明する必要がなくなるんだからな。まったく魔法の言葉だよ！）

トクゴズは、これまでも議論で不利になると、プリンシプルという語を持ち出して、強引に押し切った。

その晩――

イスタンブールのヨーロッパ側の新市街ハルビエ地区にあるヒルトン・イスタンブール・ホテルの「ルーフ・レストラン」の豪華なシャンデリアの光の中で、五人のトルコ人が夕食をとっていた。

ハルビエ地区は高台で、九階にあるレストランのボスポラス海峡側の壁は、全面ガラス張りである。眼下数百メートル先の海峡は、黒い帯となって夜の闇の中に沈み、対岸のアジア側の陸地で、無数のオレンジ色の民家の光がまたたいている。アジア側の水際の二本の尖塔を持つモスクがライトアップされ、幻想的な姿を水辺に浮かび上がらせていた。

「……アイシェ、我々は、あなたに大いに期待しているんですよ」

でっぷり太った身体を仕立てのよいダークスーツに包んだ禿頭の老人が、窪んだ眼窩《がんか》の奥の眼を細めた。トルコの野党正道党の党首で、過去六回首相を務めたベテラン政治家シュレイマン・デミレルであった。

　左右にすわった正道党の幹部の男二人が、深くうなずいていた。

「わたしも、これまで培《つちか》ってきた経済学の知識を、是非祖国のために生かしてみたいと思っております」

　ボスポラス大学経済学部で教授を務めるアイシェ・ウズギュンは、黒目がちな大きな両目に微笑を浮かべ、冬のトルコの名物であるカルカン（イボカレイ）のグリルを口に運ぶ。

「入党したら、どのような役職をいただけるのでしょうか？」

　アイシェ・ウズギュンは、潤んだような目でデミレルを見た。

「あなたには、党の女性の象徴として頑張ってもらいたいと思っている。……経済担当副党首ということで、どうだろう？」

「経済担当副党首……光栄ですわ」

　ウズギュンの目に、野望の光が宿る。

　イスタンブールの公務員の家庭に生まれ、米国への強い憧れと両親の懸命の経済的支援でイスタンブールの名門アメリカン・スクール「ロバート・カレッジ」と米国のニューハンプシャー大学に学び、コネチカット大学の博士号と米国市民権を得てトルコに帰国した。

「政権獲得に向けての戦略は、どのようにお考えですか？」

頭髪の色が薄く、欧米人的な風貌のカイハン・ウズギュンが訊いた。六年前に頭取を務めていたイスタンブール銀行を倒産させてからは、不動産投資やフィクサー的な商売をやっており、得体の知れないレバノン人政商との噂も取り沙汰されている。

正道党は国会では第三党である。トルコの国会は一院制で、定員は四百五十議席である。一年二ヶ月前の総選挙では、オザール首相が率いる与党祖国党が二百九十二議席を獲得し、社会民主人民党は九十九議席、正道党は五十九議席だった。

「まずは、この三月の統一地方選挙で、祖国党を打ち破りたいと思っている。特に、イスタンブールやイズミールといった西部の都市では、政府の政策に対する不満が高まっているからね」

デミレルが、老獪《ろうかい》な政治家らしい鷹のような目つきでいった。

失業、インフレなどに加え、国営エムラク銀行の不正融資問題で副首相が辞任に追い込まれたりして、政府に対する国民の不満は高まっている。

「そして、さ来年秋の国会選挙で、第一党の座を獲得し、社会民主人民党と連立政権を作る。……そうすれば、アイシェ、あなたは経済担当大臣だ」

ウズギュンは、「素晴らしいですね」と、艶のある微笑を返した。

二日後――

但馬は、朝八時五十五分発のBA675便でイスタンブールを発ち、ロンドンに戻った。ヒースロー空港に到着したのは、午前十一時で、空港からブラックキャブで金融街シティの東西銀行ロンドン支店に出勤した。

シティは、地下鉄バンク駅、英国の中央銀行であるイングランド銀行、ロンドン証券取引所などを中心にしたテームズ川左岸の一平方マイルほどの一帯で、「スクエア・マイル」という別称で呼ばれる。なお「バンク」は銀行のことではなく、テームズ川の土手（bank）を意味する。

東西銀行ロンドン支店は、バンク駅からキング・ウィリアム通りを一〇〇メートルほどテームズ川の方角に行った場所にある。シティでは古い一角で、付近にはバークレイズ銀行、モスクワ・ナロードヌイ銀行、パリ国立銀行などがオフィスを構えている。

「おい、なんかトルコの銀行に揉まれてるようだな」

エレベーターで四階に上がり、国際金融課のほうに行こうとしたとき、そばを通りかかった古沢《ふるさわ》が笑いかけてきた。四十代後半で、ロンドン支店に来る直前は、下町の蒲田支店長を務めていた、きさくで、がらっぱちの副支店長である。頭髪はウェーブがかった灰色で、スーツは地味なチャコールグレー、ズボンの裾はシングルで、メーカーの工場長のような雰囲気だ。

「ちょっと、カラデニツ銀行のシ・ローンの件で手こずっています」

但馬は、疲れた表情でいった。毎晩、交渉が終わってホテルに帰ると、やけ酒にビールを大量に呷《あお》っていたので、顔がむくんでいた。

「あんまり無理すんなよ。敵地で交渉すると引っ張られるからな。……無理だったらマンデート返上しろ」

いつもの早口でいって、手にしていた算盤をかちゃかちゃ振った。トレードマークは算盤と、五〇センチほどの棒の先にゴム鞠が付いた肩たたきで、いつもどちらかを手にして支店の中を歩き回っている。

「わかりました。マンデート返上も視野に入れて交渉します」

「それからな、バーレーンの太刀川《たちかわ》が、またやいのやいのいってきてるから、気をつけろ」

「え、また何か？」

但馬は、名前を聞いただけで嫌な気分になった。

「なんか変なファックス送ってきたから、さっきお前の机の上に置いといたよ」

「そうですか。わかりました」

「まあ、あいつもあいつだけど、お前もあんまりカッカするなよ。佐賀県人が頑固なのはわかるが、江藤新平みたいになってもつまらんからな」

歯切れのよい早口でいうと、算盤で自分の肩を叩きながら歩み去った。

佐賀藩出身の江藤新平は、征韓論をめぐって対立した大久保利通の術策にはまり、佐賀の乱で捕えられ、斬首された明治の元勲だ。

四階の広々としたフロアーには、日系企業課、地場（英国）企業課、国際金融課、プロジェクト・ファイナンス課、審査課などの営業部門が、それぞれ固まってすわっており、総勢は約百名である。これ以外に別の階にディーリング・ルームとバック・オフィス（事務管理、法務、総務・人事、企画等）がある。

国際金融課は十三名のスタッフがおり、日本人五名、非日本人（米国人、英国人、イタリア人など）が八名である。トップは次長の米国人、バリー・ゴールドスタインである。

「……だいたい、副幹事（co-lead manager）くらいで満足しているから、お前はいつまでたっても駄目なんだよ！」

国際金融課の中央奥の席で、身長一九六センチのゴールドスタインが、革靴をはいた両足をデスクの上に乗せて、英国人の若手オフィサーを叱りつけていた。

「俺が欲しいのはマンデートだ、マンデート！　ええっ、わかってるのか!?」

ドイツ系らしい強そうな顎をしゃくった。黒々とした頭髪は豊かで、精力が溢れている。

オックスフォード大学出の若い英国人の男は、罵声を浴びせられ、うなだれていた。

「まったくしょうがねえな！　俺はこんなfucking（クソ）調印式には出んからな！」

ゴールドスタインは、数枚の紙を若い英国人オフィサーに放った。調印式の式次第を書いた書類のようだ。

英国人オフィサーが、自分の席に戻ると、ゴールドスタインは、但馬のほうに視線を向けた。

「バリー、ちょっといいか？」

但馬は、ゴールドスタインのデスクの前に置かれた椅子にすわり、カラデニツ銀行との交渉の状況を説明した。

「担保も入れない、プライス（金利）も上げないだと？　アホなことぬかすな！」

ゴールドスタインは血相を変えて怒鳴った。

「そんなふざけたディールは、即座にスクラップしろ！　これは俺の命令だ！　だいたい、そんな三千万ドルぽっちの案件にいつまでもかかずらってるのは、時間の無駄だ！」

「いや、バリー、ちょっと待ってくれ……」

但馬は懸命に反論する。「もうシ団が出来上がってるんだ。主幹事として、参加銀行に対する責任がある」

「そんなもんは、トルコのfucking（クソ）銀行が、馬鹿なことをしでかしたからだと説明すれば、みんな納得するじゃないか」

「確かにそうかもしれない、でも、俺はまだ投げ出したくないんだ……」

しばらく押し問答をした末に、ゴールドスタインは渋々うなずいた。

「じゃあ、お前の好きにしろ。ただし、あんまり時間と労力をかけるなよ」

英国人オフィサーであれば、問答無用でマンデートを返上させるところだが、さすがのゴールドスタインも、本店採用の日本人には気をつかっている。

やれやれと思いながら、低いパーティションで囲まれたデスクに戻ると、机上のプラスチックのトレーの中に、出張中に届いた書類や手紙と一緒に、一枚のファックスが入っていた。

バーレーン支店長の太刀川利夫《としお》からのファックスで、すでにロンドン支店副支店長の古沢や支店長の倉橋が読んだことを示す印鑑が押されていた。

〈貴店で組成中のトルコのカラデニツ銀行向けシ・ローンの状況につき、ご報告を乞う。本件は、すでにユーロ市場という公の場でシ団の組成が済んでおり、東西銀行の評判や、当支店の今後の中近東ビジネスの推進にも影響してくる案件である。他行からもどうなっているのか問い合わせが来ており、対応に苦慮している。バーレーン支店のテリトリー内における

活動については、逐一当方へ状況を説明するよう、従来からお願いしているにもかかわらず、担当の但馬代理は……〉

（何が、バーレーン支店のテリトリーにおける案件については、だ！）

太刀川は縄張り意識が強く、たとえ東西銀行の人間であっても、トルコ・中東に足を踏み入れる者に対しては、番犬のように吼えたてる。そのくせ、自分では大した仕事もせずに「中近東は生活するだけで大変なんだ」とうそぶきながら、プールとテニスコート付きのコンパウンド（塀に囲まれた外国人用居住地）の中で、優雅に暮らしている。

（まったく、前門の虎、後門の狼だ……）

但馬は苦々しげな顔つきで、出張中に書いた面談記録に添付する報告書の表紙を書き始めた。

翌日——

仕事が終わったあと、但馬は、同期の巽《たつみ》、若園《わかぞの》と一緒に、パブに出かけた。セント・ポール大聖堂の近くにあるフォスター小路（Foster Lane）三十三番地にある「シティ・パイプ」という名の店であった。

フォスター小路は、グレシャム通りとの角に、ギルドホールの一つであるゴールドスミス・ホール（金細工職人組合会館）がある細い通りで、十四世紀に創建された石造りの教会や煉瓦や石造りの建物が建ち並ぶ古い一角である。

「シティ・パイプ」は、地下一階にあるパブで、中はやや薄暗く、農家の納屋のような内装である。壁やテーブルは年季の入った木製で、鍬や馬車の車輪、干したニンニク、トウモロコシなどが店内のあちらこちらに飾られている。

「……ふーん、そりゃ困ったもんだなあ」

一パイント（五六八cc）のビールのグラスを手にした巽がいった。

上背があり、豹のような力強さと敏捷さをもつ男である。東京にある一流国立大学時代は、バレーボール部でアタッカーを務めていた。ロンドンに来る前は、東京の営業本部にいたエリートで、今は北欧との取引などを担当している。

「トクゴズっていう国際部長が中座したときに、そのアメリカ人弁護士に、『あなたは、本当にこれでいいと思っているのか？　理不尽な主張をごり押しし続けていると、あなたのクライアントにとっても、よくない結果になると思うんだが』と、本音ベースで水を向けてみたんだが……」

エールの一パイント・グラスを手にした但馬がいった。

エールはラガーと並んで英国でよく飲まれる琥珀色のビールで、フルーティなコクがある。三人とも仕事帰りなので、コート姿で立ち飲みである。

「それで、どうだった？」

シェリーのグラスを手にした若園が聞いた。

銀縁の眼鏡をかけた小柄な男で、出身は京都にある一流国立大学。学生時代はＥＳＳ（英会話クラブ）と国際金融論のゼミに所属し、入行二ヶ店目から国際部や国際金融部を経験して、ロンドンにやって来た超国際派だ。大学時代はゼミの教授から大学に残るよう薦められた学究肌の面もある。裕福な家の生まれで、趣味は、オペラやバレエの鑑賞。運転している車はシルバーのジャガーである。

「アメリカ人弁護士とは、議論にもならなかったよ」

但馬がうんざりした表情でいった。

「『カラデニツ銀行の主張はまったく正しい。東西銀行は、参加銀行を説得するよう努力すべきだ。金利の引き上げは、カラデニツ銀行の方針からいって、論外である』と、こうきたよ。こちらの話を聞く気なんか、端《はな》からなかったね」

但馬は、若い米国人弁護士の、底意地の悪そうな目つきを思い出す。

「アメリカの弁護士はそういうもんだ。全力で自分のクライアントの敵の喉笛に噛み付くのが、彼らの正義だから」

黒豹を彷彿とさせる風貌の巽がいった。社費で米国にＭＢＡ留学をした経験があり、米国の生活や文化を熟知している。

「まったく、無邪気に質問した自分が、馬鹿に思えて情けなかったよ」

「しかし、困ったもんだよなあ」

ビールのグラスを手にした巽が、宙を見上げて思案顔になる。

「担保も入れない、プライスも上げないじゃや、話にならんよなあ。……しかし、先方の国際部長は、なんでそんなに頑固なんだ？」

「自分の失態を、上に責められたくないんだろう。あそこの頭取は、かなり個性の強い、ワンマンだし、トクゴズはトクゴズで、人一倍自己保身意識が強い女だから」

但馬は、両目が吊り上がった酷薄そうな中年女の顔を苦々しく思い出す。

「さて、どうしたもんかねえ……」

シェリーのグラスを手にした若園が思案顔になる。いかにも頭の切れそうな、目鼻立ちのすっきりとした風貌である。

「担保が入らないと、たとえ二パーセントに金利を引き上げても、脱落する銀行が出るだろうなあ」

巽の言葉に但馬と若園がうなずく。

「葉タバコの担保が入るということで、トルコに対する与信枠や、カラデニツ銀行に対する与信枠とは別枠で、参加コミットした銀行もあるはずだ。そいつらは、担保が入らないとなると、どうしようもなくなる」

「結局、ゆるいストラクチャー（仕組み）でもいいから、担保に代わる仕組みを作って、金利引き上げと抱き合わせで参加銀行を説得するしかないんじゃないか？」

色白の若園がいった。

「たとえば？」

「東西銀行に、カラデニツ銀行のエスクロウ・アカウントを作って、そこに直接葉タバコ輸出業者から輸出代金を振り込ませ、そこから三千万ドルのシ・ローンを返済させるとかだろうな」

エスクロウ・アカウントは一種の信託預金口座で、資金はカラデニツ銀行のものだが、引き出しは東西銀行しかできない。

「ネガティブ・プレッジ（担保差入制限条項）があるから、口座に質権を設定したりはできないけど、東西銀行にある口座だから、質権があろうがなかろうが、東西銀行がオペレーション（事務手続き）をしない限り、口座からは金は引き出せない」

「なかなか面白いアイデアだな」

巽が微笑した。「輸出業者は、あらかじめ特定できるのか？」

「それは可能だ」

但馬がうなずく。

「トルコの葉タバコ輸出業者は、ほとんど全部がイズミールに会社を構えている」

イズミールはエーゲ海沿岸のトルコ第三の都市である。イスタンブールに次ぐ港湾施設を持ち、農産物の一大集散地になっている。ギリシャの海運王・故アリストテレス・オナシスの出身地でもある。

「カラギョゾール・トゥトゥンとか、オルタシュ・トゥトゥンとか、二、三十社くらいのタバコ業者がいる」

「トゥトゥンていうのが、トルコ語でタバコという意味か？」

巽が興味深げに訊き、但馬はうなずいた。

「じゃあ、それらの輸出業者に、あらかじめ書留で手紙を出して、輸出代金は東西銀行のエスクロウ・アカウントに送金するよう指示したらどうだ？」

「ただ、それでも抜ける銀行があるだろうから、フルアンダーライト（全額引受）はできんだろうなあ……」

若園が思案顔でいった。

フルアンダーライトは、融資の全額を集めることを引受銀行（通常は幹事銀行）が保証することだ。

「確かにそれは無理だ。とすると……」

それから三人は、しばらくの間、ああでもないこうでもないと融資の仕組みや引受方針、参加銀行への対応方針などについて議論した。

但馬は、グラスを手に議論する巽と若園の顔を眺めながら、やはりこの二人は自分より格上だと思う。自分は、何とか二人に伍していこうと懸命だが、二人は、いつも余裕の笑みを浮かべ、助けたり励ましたりしてくれる。

議論する二人の表情は、頭の体操をしているかのように楽しげで生き生きしていた。

「……とまあ、こんな感じかな」
三、四十分熱心に話し合って、だいたいの仕組みや方針が出来上がったところで、巽がいった。
「まあ、この辺が、でき得る限界だろう。これで当たって砕けるしかないんじゃないか？」

若園がいった。

「そうだな。とりあえずこれでやってみるよ。……いいアドバイスを有難う」

「じゃあ、カラデニツ銀行のシンジケーション（融資団組成）の成功を祈念して、乾杯といこう」

三人はグラスを合わせて、乾杯した。

「ところで、但馬……」

すっきりとした目鼻立ちの顔を、酒でほんのり赤らめた若園がいった。

「日和《にちわ》証券の冬木さんて知ってるか？」

「え、冬木？　冬木秀作さん？」

「うん、確かそういう名前だ」

「冬木さんだったらよく知ってるよ。大学のゼミの先輩だ」

但馬は三田にメインキャンパスがある私立大学の商学部出身で、金融論のゼミに所属していた。

「今日、ちょっとイタリア市場の情報交換を兼ねて、日和ヨーロッパ（日和証券英国現地法人）の日本人と昼飯食べたんだ。そしたら、近々、冬木さんて人が東京から転勤してくるんで、東西銀行の但馬君に会ったらよろしく伝えてくれといってるそうだ」

「へえ、冬木さんがロンドンに……」

但馬の胸中で懐かしさが湧く。

「どんな人なんだ？」

「うーん、一言でいい表すのは、難しい人だなあ。生い立ちからして複雑で、陰影のある人柄の人物だよ」

「日和は長いのか？」

「いや、中途採用で入ってるから、まだほんの数年しか経ってないはずだ。……東西銀行を倒すまでは、死なないっていう人だよ」

「えっ、東西銀行を倒すまで、死なない!?」

巽と若園は、ぎょっとした顔になった。

第一章　サムライ債受託

1

一年三ヶ月前——

「おい、冬木、瞬間蒸発だぞ！」

東京八重洲にある日和証券債券部の扇の要の位置にすわった部長が、喜色満面で冬木秀作に呼びかけた。

「瞬間蒸発」とは、引き受けた債券が、あっという間に完売になることだ。

債券部は体育館のように天井が高く広々とした空間で、部長を中心に、米国債、外債、地方債、電力債など様々な種類の債券の相当セクションが放射状に配置され、ワイシャツ姿のセールスマンやトレーダーたちが、ロイターやテレレートのスクリーンを睨んだり、電話をかけたりしている。

「おお、デンマーク、瞬間蒸発ですか！　よかったですねえ」

スーツ姿の冬木秀作は、笑顔で部長席に歩み寄る。細面に眼鏡をかけ、濃い顎鬚が無精ひげに見える哲学者のような風貌をしていた。

二人が話しているのは、デンマーク政府が発行し、日和証券が主幹事を務めた総額千三百億円のユーロ円債（日本国外で販売される円建ての債券）のことだった。冬木が大蔵省証券局資本市場課の係長を、銀座の活魚料理店で接待していて、相手が「三年とか四年目にコールオプション（満期前に発行体が償還する権利）が付いているようなユーロ円債の案件があるなら、持ってきてみてくださいよ」と、明らかに、発行を承認するニュアンスでいったので、ただちにロンドンにある日和ヨーロッパ（日和証券英国現地法人）でデンマークを担当している男に連絡し、主幹事を獲得したのだった。

「冬木、これでハンガリーの汚名をそそげたな」

頭髪をオールバックにした債券部長が笑いかけ、冬木は苦笑いしてうなずいた。

三ヶ月ほど前に、ハンガリー政府が発行する四百億円のサムライ債をクーポン（金利）六・三パーセント、額面九十九円六十五銭で売り出したが、販売不振で、債券部が十億円以上の損失を蒙《こうむ》った。発行体と交渉して発行条件を決めるのは国際引受部なので、国際引受部の担当課長である冬木は、債券部からさんざん文句をいわれた。

「ところで、お前、日和証券に入って、どれくらい経ったんだ？」

「もう二年半近くになりますねえ」

道路建設をめぐる汚職事件と心臓病で倒れた父親の事業の支援と清算に目処をつけ、日和証券に課長として入社したのは、三十四歳のときだった。

「そうか、もう二年半か……」

債券部長は目を細めた。「入ったばかりの頃は、いったいどうなるかと思ったが、今、国《こく》引《ひき》で頼りになるのは、お前ぐらいなもんだなあ」

当初、仕事の要領がまったくわからず、せっかちで気の荒いセールスマンやトレーダーたちに怒鳴られて右往左往したが、冬木は持ち前の粘りを発揮し、じわじわ頭角を現した。

「どうだ、そろそろロンドンにでも赴任しないか？　日和ヨーロッパのコーポレート・ファイナンス（企業金融部）のヘッドが評判悪くて、お前が代わってくれれば、ずいぶん助かるんだがなあ」

「いや、ちょっとその件は……」

心臓病で倒れた父親がまだ存命中で、面倒をみなくてはならない。

半年後——

冬木は、銀座の活魚料理店で、格付会社のアナリストをしている中年男性を接待していた。

日本で非居住者（外国政府や外国企業）が債券を発行するためには、格付会社から、シングルA以上の格付けを取得しなくてはならない。主な格付会社は、米系のムーディーズ、スタンダード＆プアーズ、日系の日本公社債研究所（ＪＢＲＩ）、日本格付研究所（ＪＣＲ）、日本インベスターズ・サービス（ＮＩＳ）などである。

その日、冬木が接待していたのは、日本興業銀行を中心に、都銀、信託、証券会社系研究機関、生損保等が出資して一九八五年に設立した日本インベスターズ・サービスのアナリストだった。

「……まあ、格付会社といっても、結局は、商売でやってることですからねえ。格付けの依頼は、一件でも多くほしいですよ」

マグロ、甘エビ、カツオなどのお造りを肴《さかな》に、日本酒を傾けながら、眼鏡をかけた中年アナリストがいった。

「そうでしょうねえ。わたしどもも、なるべく引受案件を増やして、格付会社さんと共存共栄でやらしていただければと常々考えているんですよ」

ワイシャツ姿の冬木は、相手の猪口《ちょこ》に熱燗を注ぐ。

「あーあ、ギリシャあたりが来てくれれば、シングルAを付けるんですけどねえ」

アナリストの男性が、何気ない口調でいった瞬間、冬木の目がきらりと光った。

「ギリシャだとシングルAになりますか？」

さり気なく訊くと、相手はうなずいた。

「財政赤字と対外債務は相変わらず大きいですけど、腐ってもＥＣ（欧州共同体、現在のＥＵ）の一員だし、観光収入とか在外ギリシャ人からの送金も堅調ですからねえ」

「なるほど。……じゃあ、うちのほうでもちょっと、ギリシャ側にあたってみますわ」

冬木は、やりとりを頭にしっかりと刻み込んだ。


夜十時頃まで活魚料理店で接待したあと、相手をタクシーに乗せ、タクシー券を渡すと、冬木は八重洲にある日和証券国際引受部のオフィスに取って返した。

「Hi, NIS is prepared to give Greece a single-A rating.（日本インベスターズ・サービスが、ギリシャにシングルAを付けられるっていってるぜ）」

酔いが醒めやらぬ赤ら顔のまま、冬木は自分のデスクから、日和ヨーロッパでギリシャを担当しているイタリア人に電話をかけた。

周囲では、かなりの数の社員が残業をしており、海外の拠点と連絡をしたりしている。バブル経済のおかげで、証券会社は大忙しだ。

「え、ギリシャがシングルAをとれる!?　本当か!?」

電話の向こうのイタリア人は、思わず大声になった。ロンドンはまだ午後二時すぎである。

「間違いない。今、NISの担当アナリストとメシを食って、この耳でしかと聞いてきた」

「オーケー。さっそくギリシャ中銀にオファー（発行提案書）を出してみる」

オファーは、テレックスで条件を打ち込み、先方が気に入れば、短いテレックスでマンデート（主幹事委任状）が来る。


数日後の夕方――

「やったじゃないか、おい！」

冬木は、ギリシャの中央銀行から送られてきた二百億円・期間十年のサムライ債のマンデートのテレックスを手に、日和ヨーロッパのイタリア人と電話で話していた。

「野村證券の奴らは、今頃悔しがってるぜ」

ロンドンにいるイタリア人の声に笑いが滲む。

「ところで、チーフ・コミッションド・バンク（主受託銀行）は、どこになるんだ？」

冬木が訊いた。

受託銀行は、サムライ債の元利金の受け払いや債権管理をする銀行だが、発行体がデフォルト（債務不履行）でもしない限り、やる仕事は多くない。その一方で、債券の発行額にもよるが、主受託銀行は数千万円、数行いる副受託銀行は、各二百万円程度の手数料を受け取る。こうした美味しい商売なので、邦銀は各行とも受託獲得活動を熱心に行っている。

「主受託銀行は、このままで行くと、東西銀行になりそうだとギリシャ中銀はいっている」

「何、東西銀行⁉」

受話器を握り締めた冬木の血相が変わった。

（くそっ！　東西銀行に、主受託を獲らせてなるか！）


翌日、冬木は国際引受部長を通じて、興銀で受託業務を担当している部長に連絡をとり、ギリシャのサムライ債の件を伝えた。

興銀は、ただちに本店とロンドン支店からギリシャ中銀に人を出張させ、自行のサービスを売り込んで、主受託を獲得した。


その年の秋——

冬木は再び日和ヨーロッパのイタリア人担当者と電話で話していた。

四年後にオリンピックを開催するバルセロナ市が、地下鉄などの建設資金にあてるため、日本で百億円のサムライ債を発行することを決め、日和証券が主幹事を獲得していた。

「……ところで、主受託はどこになるんだ？」

冬木が訊いた。

「先方は、東西銀行か長銀にしようと考えているようだ」

ロンドンにいるイタリア人がいった。

「何っ、東西銀行⁉」

受話器を握った冬木の表情が一瞬にして険しくなる。

「先方がいうには、昔から東西銀行とバルセロナ市は親しいらしい。東西銀行はバルセロナ市に駐在員事務所も置いているし」

元々外国為替専門銀行である東西銀行は、邦銀の中では最も国際業務に強く、海外ネットワークをしっかり張り巡らしている。

「東西銀行は駄目だ。長銀にしろと伝えてくれ」

「えっ、どうしてだ？　東西銀行に何か問題でもあるのか？」

受託銀行は、デフォルトでも発生しない限り仕事はなく、実務的にはどこの銀行でもたいして違いはない。

「東西銀行は、日和証券と関係がよくない。サムライの発行を円滑にするには、うちと親しい長銀を主受託銀行にするべきだ」

「そうなのか？　俺は、初めて聞く話だが……」

イタリア人は怪訝そうな口調だった。

「とにかく、長銀にするように先方にいってくれ。それから、副受託銀行に日債銀を入れるよう頼んでくれ」

日和証券は、最近、日債銀が発行する利付金融債の幹事証券会社に指名され、利金債を販売して利益を上げた。

イタリア人担当者と電話を終えると、冬木は日本長期信用銀行で社債の受託業務を担当している部署に電話を入れ、バルセロナ市のサムライ債のことを伝えた。

長銀側は、ただちに本店とロンドン支店からバルセロナ市に人を出張させ、主受託を獲得した。


二週間後——

但馬一紀は、東西銀行本店の資本市場部で仕事をしていた。

東西銀行本店は、中央区日本橋本石町一丁目に聳《そび》える九階建てのビルである。灰色の石造りで、銀色の窓枠に艶《つや》やかな黒っぽいガラスが嵌め込まれたモダンなデザイン。壁には、東西銀行という金色の大きな文字が付いている。

付近は、江戸時代から続く商業地区で、日銀本館、三越、東洋経済新報社などがある。

「但馬君、ちょっと」

少し離れた席の次長が呼んだ。

ワイシャツ姿の但馬は返事をして立ち上がり、十五人ほどがすわっている島の一番端にある次長席に歩み寄った。

「どうだ、引継ぎの進み具合は？」

黒縁眼鏡をかけた次長が顔を上げて訊いた。

「はい、順調に進んでおりまして、ちょうど一通り終わった感じです」

生真面目そうな浅黒い顔の但馬はいった。

「そうか。……実は、ロンドン赴任直前で申し訳ないんだが、あさって、日和証券との晩飯に出てくれないか？　一応、こちらが先方を接待するということで、部長も出られる予定だ」

「日和証券との？」

次長はうなずいた。

「ここのところ、ギリシャとかバルセロナのサムライで、主受託を取りこぼしてるだろ？」

「ええ、そうですね……残念ながら」

ギリシャ中銀のサムライ債は、但馬の担当時期で、面目ない気分だった。

「色々調べてみたら、日和証券の冬木という男が担当らしいんだ」

「冬木？　……冬木秀作さんですか？」

「きみの大学の先輩らしいな」

「商学部のゼミの先輩です」

「どうもそいつが色々画策して、うちの銀行に主受託を獲らせないようにしているらしい」

「本当ですか⁉」

「うむ、どうもそうらしい。……いったいどういう男なんだ？」

「どういう男かといいますと……。結構、複雑な生い立ちの人ですよ」

但馬は、冬木の人となりについて話した。

「……なるほどなあ」

話を聞いた次長は、腕組みしてうなずいた。

「しかし、どうしてうちの銀行の受託獲得を邪魔するんだろうなあ？」

「その件に関しては、わたしにも、まったく心当たりがありません」

但馬は首をひねった。

その晩――

「……いやまあ、サムライ債の営業なんて、たいしてアカデミックなことやるわけじゃありません。条件なんて、どこが引き受けても似たようなもんですから、発行体も、しょっちゅう顔を出して、可愛げのある証券会社を選ぶんですよ」

赤坂の料亭の一室で、床の間を背にした日和証券の国際引受部の部長が、日本酒で顔を赤らめて、上機嫌でいった。

目の前の膳の上には、雲丹《うに》豆腐や、鮑《あわび》の薄造り、鱧《はも》の天麩羅といった手の込んだ高級料理が並べられていた。

「ご謙遜を。最近の日和証券さんの円建て債の主幹事獲得の手腕は、わたしどもも惚れ惚れするくらいの見事さです。……ささ、どうぞ」

下座にすわった東西銀行の資本市場部長が、ガラスのカラフェの冷酒を相手のグラスに注ぐ。

「バルセロナ市のサムライ債の発行も無事終わられたようで、何よりですねえ」

東西銀行の資本市場部の次長が、阿《おもね》るようにいった。

「ええ、おかげ様で。調印式に市長さんと発行の担当者が来られたんで、土日に京都にご案内したら、たいそう気に入ってくれましてねえ」

色白でエラの張った四十代半ばの部長が、嬉しそうな顔でいった。

「京都ですか、それはそれは。日和証券さんは、たくさん主幹事をやっておられるから、きっと、そういう手配もお手のものでしょうなあ」

東西銀行の部長と次長におだてられ、日和証券の部長はますます上機嫌になった。

その隣りで、細面に眼鏡をかけた冬木秀作が黙々と日本酒を飲み、向かい側にすわった但馬一紀が、これまた黙々と冬木のグラスに冷酒を注いでいた。

「冬木さんのご高名も、ヨーロッパじゅうに轟いておりますねえ」

東西銀行の小太りの資本市場部長が、揉み手をせんばかりの表情でいった。

「いや、そんなことはありません」

冬木は、顎鬚の剃り跡の濃い細面に、皮肉とも苦笑ともつかぬ笑いを浮かべた。

「わたしどもも、日和証券さんを見習って、サムライ債関係でも、色々お仕事をやらせていただきたいと思っておりますので、今後とも、なにとぞよろしくお願いいたします」

東西銀行の部長はにじり寄らんばかりにしていった。

二時間後——
宴席を終えた冬木と但馬は、銀座五丁目の路地の地下にある「ルパン」という老舗バーのカウンターに並んですわっていた。

「ルパン」は銀座にあったカフェ「タイガー」の人気女給・高﨑雪子が昭和三年に開いた店である。怪盗ルパンが描かれた看板の下の扉を開け、狭い階段を下りて行くと、踊り場に太宰治の写真や創業三十二周年を祝う寄せ書きが飾ってある。

黒を基調とした洒落た店内には地下独特の黴《かび》と埃《ほこり》と人いきれの匂いが漂い、カウンターの内側で黒いベストを着た男二人、女二人のバーテンダーが働いているが、うち二人はとうに還暦を過ぎている。

「……今日は、ずいぶんと持ち上げてくれたもんだよなあ」

冬木が苦笑を浮かべ、ハイボールのグラスを傾けた。

ヤチダモの一枚板でできた長いカウンターは、昭和三年に開業したときからのもので、細かい溝がたくさんあり、田舎の小学校の机の天板のようだが、独特な温もりがある。

「要は、サムライ債の受託獲得に、なにとぞご協力してほしいってことですよ」

隣りのスツールにすわった但馬が、ナッツを一つ二つ口に入れる。

「そちらさんの意向は、しかと承ったよ」

冬木の横顔は、倦怠感を漂わせているようでもあり、草むらの中からじっと獲物を窺っている肉食獣のようでもある。

「しかし、あんたが、東西銀行でサムライの受託をやっているとは、意外だったな」

三歳年下の但馬のほうをちらりと見ていった。

「冬木さんのおかげで、うちの受託推進チームは散々ですよ」

「そりゃあ、気の毒だったな」

言葉とは裏腹に、愉快そうだった。

「まあ、俺としちゃ、江戸の仇を長崎で討ったようなもんなんだがな」

「江戸の仇を長崎で？」

怪訝に思って見ると、冬木は過去の記憶を辿るかのように視線を宙に彷徨《さまよ》わせていた。

「俺の親父が政治家で、事業もやっていたっていうのは、聞いたことがあるだろ？」

「はあ……。ちらっと聞いたような気がします」

「北海道のホテルとか、京都の料亭とか、タイのバンコクの日本人相手のナイトクラブなんかをやっていたんだ」

そういって、冬木はハイボールをゆっくりすする。

「親父のメインバンクが、東西銀行だったんだよ」

「えっ、そうなんですか!?」

「タイの事業の関係もあって、外為に強い銀行ということで、おたくを選んだんだ」

東西銀行は、戦前あった外国為替と貿易金融を専業とする政府系銀行の資産を引き継ぎ、昭和二十一年に設立された日本唯一の外国為替専門銀行である。

「親父が元気な頃は、頭取とも直接会って融資の条件を決めるくらい親密だったんだが、疑獄に連座して心臓病で倒れた途端、手の平を返したような扱いをしやがってなあ……」

ハイボールをすする冬木の口調に、ため息がまじる。

「親父が倒れて、病院で寝たきりになったんで、俺は大日本製鉄を辞めて、お袋が事業の整理をするのを手伝うことにしたんだ」

大日本製鉄は、日本屈指の製鉄会社である。

「北海道のホテルは、元々赤字だし、京都の料亭じゃ、親父のつながりで来ていた客はどんどん離れていくし、遠く離れたバンコクじゃ、親父が右腕と頼んでいた男が機会に乗じて店を乗っ取ろうとするし……。あの数年間は、本当に嵐のような日々だったよ」

但馬は、黙ってうなずく。

「おたくの本石町の本店には何度も通ったよ、お袋と一緒に。……親父が元気だった頃は、頭取、副頭取クラスに会っていたのが、部長さえ会ってくれなくなって、出てくるのはせいぜい次長だ。その次長っていうのが、意地の悪い奴でなあ……」

冬木は、嫌悪感も露《あらわ》にいった。

「まだ三十代後半だったと思うが、身体が恐ろしく太っていて、目が、こう吊り上がっていた野郎だ」

冬木は目を吊り上げ、吼える野犬のように鼻に皺を寄せ、陰険そうな表情をつくってみせた。

「そのデブの陰険野郎が、金を返せ返せの一点張りなんだ」

「デブで目が吊り上がっていて、陰険……？」

思い当たる男がいた。

「それ、もしかして、太刀川っていう男じゃないですか？」

「そうそうそう、太刀川だ、太刀川！　太刀川利夫！　あの野郎が酷薄で、酷薄で」

冬木の声に恨みが滲《にじ》む。

「お袋が新橋芸者上がりで、俺も若かったから、あの野郎、端《はな》からこっちを馬鹿にして、事業計画を作って持っていっても、読みもしやがらなかった」

「それは……申し訳ありませんでした」

「いや、まあ、別にあんたに謝ってもらおうと思って話したんじゃない」

満更でもない表情でいった。

「東西銀行に梯子を外され、結局、事業のほとんどを整理して、一つだけ残った熱海の活魚料理店を、お袋と二人で細々とやっていた。そしたら、あるときたまたま大学の先輩が店にやって来て、日和証券の中途採用のクチを紹介してくれたってわけだ」

「そうでしたか……」

「あの数年間は、いい社会勉強になったよ。活魚料理店で、客に怒鳴られたり、酔った客が汚した便所の掃除をしたり、地回りのヤクザとみかじめ料の交渉をしたり。……幼稚舎からエスカレーター式で大学を出て、一流企業のサラリーマンになって、世間の上澄みしか知らない人間にとっちゃ、貴重な経験をさせてもらった」

　遠くを見るような眼差しでいった。

「まあ、今日は、恭順の意をたっぷり示してもらったし、ゼミの後輩のあんたも関わっていることだから、とりあえず矛を収めることにしよう」

　余裕を浮かべた表情でいった。

「俺としちゃあ、積極的には喧嘩は売らん。だが、東西銀行が倒れるのを見るまでは、死なないってところだ」

　但馬はいうべき言葉が見つからない。

「ところで、近々、ロンドン支店に赴任するんだって？」

「はい。国際金融課でシンジケート・ローンをやります」

「そうか……。そのうち、あちらで会うことになるかもしれんな。実は、俺も前々からロンドン行きを打診されてるんだ」

そういってカウンターの奥の壁に飾られた坂口安吾の白黒写真を眺める。

「親父もそろそろ逝きそうな感じだしなあ」

2

（冬木さんと『ルパン』で飲んだのは、もう八ヶ月くらい前か……）

スーツ姿の但馬一紀は、トプカプ宮殿の「エメラルド」の間で、冬木と飲んだ晩のことを思い出していた。

周囲で、大勢の米国人やドイツ人、東洋人などが、ガラスケースに陳列された宝剣、ターバンの飾り、矢筒などを熱心に眺めていた。

トプカプ宮殿は、一四五三年にコンスタンティノープルを攻め落としたオスマン帝国のメフメト二世が造営を開始し、十九世紀中頃まで、代々のスルタン（君主）が居城とした宮殿である。イスタンブールのヨーロッパ側旧市街の西の端に位置し、三方を金角湾、ボスポラス海峡、マルマラ海に囲まれ、青い海の上に浮かんでいるように見える。灰色の石壁に護られた六十万平米ほどの敷地の中には、議事堂、謁見の間、ハレム（後宮）、図書館、宦官の部屋、割礼の間、厨房など様々な建物と庭園がある。

「……ほーう、これがかの有名なエメラルドの短剣か」

高級スーツを着た白髪の日本人紳士が、ガラスケースの短剣を眺めて、ため息を漏らした。東西銀行の国際部門担当常務であった。ロンドンでの会議の帰途に物見遊山でやって来た。

「これは、十八世紀にイランの王様に贈るために作られたものですが、運んでいる途中に、イランで内乱が起きて、王様が殺されてしまったので、またイスタンブールに戻ってきたんだそうです」

但馬が説明した。

尖端部分にかけて緩やかに湾曲している長さ三五センチほどの短剣は、黄金の柄の部分に、直径四センチ近い巨大なエメラルドが三個埋め込まれていた。

「先ほどの、八六カラットの『匙職人のダイヤモンド』といい、江戸時代の伊万里焼きといい、オスマン帝国の栄華を感じさせますなあ」

バーレーン支店長の太刀川利夫が、肥満体を猫背にして馬鹿丁寧な口調でいった。

「それじゃあ、次は、外のほうを見てみようかね」

白髪の常務は、ガラスケースの前を離れると、部屋の出口のほうに向かって歩き始めた。

三人は中庭を通り、金角湾を見下ろす位置に建つ「バグダッドの東屋」の前に行った。

東屋は一六三八年に、スルタン・ムラト四世によるバグダッド征服を記念して建てられたものだ。丸いドームが載った二階まで吹き抜けの建物の屋根から張り出した軒を、建物をぐるりと取り囲むアーチ型の列柱が支えている。内部は、細密な幾何学模様やコーランの言葉を施した青いタイルで装飾されている。

「おい、今晩の手配は、ちゃんとやってあるんだろうな？」

常務が東屋の中を覗き込んでいるとき、太刀川が但馬に訊いた。すだれ状の頭髪を撫でつけた顔の両目が険しい光を帯びていた。極度の肥満で内臓が悪く、顔色は土色がかっている。

「はい。『キョルフェズ』というアジア側のシーフードレストランに行ったあと、『ケルバン・サライ』で、ベリーダンスを観るように手配してあります」

「キョルフェズ」は、ボスポラス大橋のヨーロッパ側のたもとにある船着場から小さなボートに乗って海峡を渡ったところにある高級レストランだ。鱸《すずき》を塩で包んで竈《かまど》で焼いた「トゥズル・バルック」が名物である。

「そうか。……それから、明日の午後のカラデニツ銀行との交渉は、俺も行くからな」

「ああ……はい。そうですか。……それでは、よろしくお願い致します」

不快感をこらえて、頭を下げた。

交渉経過を十分に知らない太刀川が、強引なことをやるのではないかと心配だった。

「なんだその顔は？　お前がちんたらやってるから、周りは大迷惑してるんだぞ。わかってるのか⁉」

太刀川は目を吊り上げて、但馬を睨みつけた。

「申し訳、ありません」

但馬は、奥歯を噛み締めて頭を下げる。

会社という組織にいる以上、上の人間には簡単には逆らえない。官庁や邦銀のように、組織の規律を重んじる職場では、とりわけそうだ。


その晩――

但馬は、「キョルフェズ」での夕食のあと、ヨーロッパ側新市街の高台にあるヒルトン・ホテルの近くの「ケルバン・サライ」でのベリーダンス・ショーに常務と太刀川を案内した。

ヨーロッパの小劇場に似た入り口から中に入ると、昔の隊商宿に似た洞窟のような空間の中央に舞台があり、周囲にテーブルが配置されている。

但馬ら三人は、二階席のテーブルについた。

間もなくバンドの賑やかな音楽とともに、アナトリア（東部トルコ）地方の民族衣装を着た男女十人ほどが登場し、動きの速い遊牧民の踊りを披露する。

客たちは、食事をしたり、酒を飲んだりしながら、踊りを鑑賞する。一階席には、ドイツ人やイタリア人観光客のグループがいた。

遊牧民の踊りが終わると、一番手のベリーダンサーが登場した。

長い黒髪で、すらりとした肢体の二十代半ばくらいの女性である。上半身はキラキラ光る緑色のブラジャー、下半身は緑色のパンティから緑色の絹の布を垂らしただけで、右手に金の腕輪をいくつかはめていた。顔立ちにはあどけなさが残っている。

笛、鉦《かね》、太鼓などの賑やかな中近東風の音楽が始まると、若いダンサーは、両手を頭上で交差させ、全身を震わせるように踊り始めた。形のよい胸を覆っているブラジャーの無数の飾り紐が、身体の動きに合わせるように跳ねる。

「ううーむ……」

常務と太刀川が、艶《なまめ》かしい踊りに、ごくりと唾を呑む。

バンドの演奏をリードするのは、日本の鼓に似た太鼓の音である。黒い上着に黒い蝶ネクタイをした男の演奏者がステージ後方にすわり、股の間に太鼓を挟んで、両方の掌で激しく叩き続ける。

（よく手が痛くならないもんだな……）

但馬は感心しながら、地元の「エフェス」という銘柄のビールを口に運ぶ。

「僕は、エジプトやシリアでもベリーダンスを観たが、トルコのダンサーが一番色気があって、刺激的だねえ」

ステージのダンサーを眺めながら、常務が満足そうにいった。

「バーレーンにもこういう娯楽があれば、駐在も精神的には少し楽になるんでしょうが……。いっそ、支店をイスタンブールに移しちゃいましょうか？」

太刀川が冗談めかしていった。


翌朝——

但馬は、宿泊先のヒルトン・ホテルのレストランで、朝食のテーブルについた。

ロビー階の東の端にあるレストランは、ボスポラス海峡側が全面ガラス張りになっていて、朝の光が差し込んでいた。

「太刀川君は、どうしたのかね？」

皿に黒と緑色のオリーブ、ハム、フェタチーズなどをとって、食事を始めた常務が訊いた。

常務は朝食後、空港に向かい、ドイツ経由で日本に帰国する。但馬と太刀川は空港で見送りをしたあと、葉タバコ輸出用の三千万ドルのシンジケート・ローンの交渉をするため、カラデニツ銀行に向かう予定である。

「先ほど部屋に電話したんですが、返事がありませんでした」

「ふーん、そうかね。シャワーでも浴びてるのかな？　しかし、八時から朝食というのは、知ってるわけだろ？」

数百メートル先の眼下のボスポラス海峡は灰青色で、朝靄の中を、ヨーロッパ側とアジア側を結ぶ白いフェリーや、貨物船が行き交っている。四月のイスタンブールの朝晩は冷える。

「もう一度、電話してみます」

但馬は椅子から立ち上がった。

ロビーにある館内電話機から太刀川の部屋に電話したが、やはり応答がない。

（これは、おかしいな……）

但馬はレセプションに行き、ホテルの男性スタッフに事情を話して、エレベーターで、エグゼクティブ・フロアーである八階の太刀川の部屋に向かった。

部屋のチャイムを押したが返答がない。

耳を澄ますと、低い呻き声のようなものが聞こえた。

（な、何だ、これは……⁉）

ホテルのスタッフに合鍵でドアを開けてもらい、室内に一歩踏み込んだ瞬間、ベッドのそばで、腰を半ば折り曲げて床に倒れているガウン姿の肥満体が目に飛び込んできた。

「大丈夫ですか⁉」

駆け寄って、太刀川の顔を覗きこむようにして訊く。

「うう……こ、腰が……」

青い顔に脂汗を浮かべ、太刀川は呻いた。


午後——

但馬は、一人でタクシーに乗り、ガイレッテペ地区のビュユクデレ通り沿いにあるカラデニツ銀行本店に向かった。

スーツケースを持ち上げようとして、ぎっくり腰になった太刀川利夫は、ホテルの近くのアメリカン・ホスピタルに入院した。本人には気の毒だが、太刀川が強引な交渉をするのではないかと懸念していた但馬にとっては、もっけの幸いだ。

黄色いタクシーは、シシュリ地区を、北東の方角に走る。シシュリはイスタンブール屈指の商業地区で、広い通りの両側に、五、六階建てのビルが連なっている。一、二階は、電器店、旅行代理店、衣料品店、食料品店など様々な商店である。トルコは、衣料品やガラス器を輸出しており、安くてよい品物がある。鞄や靴、ジャンパーなどの革製品も豊富だが、こちらのほうは、取っ手や金具が壊れやすい。

「ミスター但馬、ウェルカム・バック・トゥ・イスタンブール」

カラデニツ銀行本店十階の国際部長室に行くと、新任の男性国際部長のチェティナーと課長のセンチュルクに迎えられた。

二人の笑顔を見て、但馬は、ほっとした気分になる。

前任の女性国際部長アイダ・トクゴズは、一ヶ月ほど前に、別の部門に飛ばされた。東西銀行との交渉以外でも、外国銀行と無理な交渉をしていて、複数の外銀から頭取に苦情がいき、左遷されたのだった。

苦情をいった銀行の一つが東西銀行で、業を煮やした但馬が「プライス（金利）を上げなければ、マンデート（主幹事）を返上する」という怒りのテレックスを頭取あてに打ち込んだ。

「ミスター但馬、引き上げ幅に関するお気持ちは変わりましたか？　トルコの経済状況もだいぶよくなってきたので、マーケットの受け止め方も変わってきたと思いますが」

大柄な国際部長のチェティナーが、人好きのする笑顔をたたえていった。ウェーブのかかった頭髪を日本の銀行員のようにきちんと七・三に分け、鼻の下に立派な口髭をたくわえている。年齢は、三十五歳の但馬より五歳くらい上である。

「確かに、トルコに対するマーケットのセンチメント（見方）はよくなってきていますが、プライスを大きく変えるところまでは来ていないと思いますねえ」

トルコ・コーヒーのカップを口に運びながら、但馬がいった。小ぶりのカップには、ターキッシュ・ブルーと鮮やかな朱色で、伝統的な植物模様が描かれていた。

「そうですか……。ただ、我々としては、葉タバコ業者向けの融資の競争も厳しいので、なるべく低い金利で調達したいところなんですよねえ」

トクゴズは、「葉タバコの担保は入れられない、プライスも絶対上げられない」の一点張りだったが、チェティナーは、担保を入れられない以上、ある程度プライスを上げるのはやむを得ないと考えている。

しかし、どれだけ上げるかについては、トルコ人らしい粘り腰を見せている。

「ミスター但馬、東西銀行は、日本を代表する国際的な銀行でしょう？　トルコのために、一肌脱いでくれませんか？」

二十代後半という年齢のわりに、頭髪が薄いセンチュルクがいった。顔も身体も四角で、臼のような風貌である。腕時計をいつも三時間早めていて、すべてのことを三時間前に片付けるという有能な男だ。

（今日こそ、何とか決着を付けたいが……やはり、楽はさせてくれなさそうだな……）

但馬は、コーヒーのカップを受け皿に戻し、どうやって二人を説得しようかと思いを巡らせた。

その日の夕方——

首都アンカラのミトハト・パシャ通り十八番地のトルコ共和国財務貿易庁では、対外経済関係局長の部屋に十人ほどの職員が集まって、ビールを飲みながら雑談をしていた。

「……ふーん、こりゃ、ちょっと無理だよなあ」

ソファーセットの中央にすわり、足を組んで書類に目を落としていた局長のムスタファ・ダニシュマンがいった。太り肉《じし》の身体を、真っ白なワイシャツと高級ダークスーツで包んでいた。額が後退し、海坊主を思わせる風貌だが、財務貿易庁の顧問を務めた高名な弁護士の息子で、アンカラ大学とオックスフォード大学で学位を得ている。

「それ、たぶん、倍くらいに建設価格が膨らませてあると思いますよ」

白いブラウスの上にグレーのスーツ姿で、コーラのグラスを手にした課長のニルギュン・エンヴェルがいった。

ダニシュマンが見ていたのは、ある政治家が、これに融資をしてくれと持ってきたアンカラの脳外科病院の事業計画書だった。

「どらどら、見せてみな」

茶色いスーツ姿の痩せた男が立ち上がって、ダニシュマンから計画書を受け取る。

対外経済関係局次長のセラハッティン・チャクマコールであった。色白の優男《やさおとこ》で、東京にあるトルコ大使館に商務アタッシェとして勤務した経験がある。出身は、アンカラ大学政治学部である。

「なるほど。こりゃ確かに高いわ。……資機材部分だけでも相当膨らませてあるのに、建築費用が六百二十一億リラ（約四十一億円）とはね！」

アーチ型の眉の下の、小さな縁なし眼鏡をかけた目をしばたたかせた。

うしろの椅子にすわった小柄なアイドゥン・ユルマズ青年が、チャクマコールの肩越しに書類を覗き込む。エンヴェルの下で実務を習っているユルマズ青年は、ビールで顔が赤らんでいた。

ユルマズ以外にも、対外経済関係局の若手・中堅スタッフ六、七人が、ソファーや椅子にすわって、ビールやジュースのグラスを手に話を聞いていた。

ダニシュマン局長が、月に一度開いている対外経済関係局の親睦会であった。飲物やつまみを買う金は、参加者のポケットマネーという質素な集まりで、スタッフの意思疎通と若手の勉強を目的にしている。

「こんなに値段を膨らませて、どれだけ国庫からむしり取ろうっていうのかねえ」

チャクマコールが、苦々しげな表情でいった。

「右を向いたらコラプション（汚職）、左を向けばネポティズム（身内びいき）……ほんとに、この国は腐ってるな」

ダニシュマン局長が、だみ声でいい、ピーナッツを二、三粒口の中に放り込む。結晶のような塩が表面に付いたトルコ風のピーナッツだった。

「しかし、トゥルグト・ベイ（オザール首相）も、こんなプロジェクトにファイナンスつけてやれなんて、ちょっとひどいねえ。袖の下でも、もらうつもりなのか？」

トルコでは、目上の男性に対しては、名前の下に「ベイ」という尊称を付けて呼ぶ。

トゥルグト・オザール首相は、政府に対して楯突く財務省の力を弱めようと財務貿易庁に肩入れしており、対外経済関係局の幹部たちとは親しい。なお財務省は、徴税と予算立案の権限があり、財務貿易庁は、予算にしたがって資金を配分する権限を持っている。

「トゥルグト・ベイは、プロジェクトの詳細まで見てないよ。ファイナンスがつくんなら、考えてやったらどうだ、程度の話だ」

海坊主のようなダニシュマンがいった。

「彼、まだ昔のイメージが抜けてないのかしらねえ？　ファイナンスがつけば、何でもやる時代の」

灰色の瞳のニルギュン・エンヴェルが首をかしげる。

三、四年前まで、トルコは海外から独自に資金調達ができず、ファイナンスをつけてさえくれるなら、プロジェクトの提案を受け入れていた。しかし最近は、対外経済関係局の努力もあって、自力で資金調達ができるようになり、プロジェクトや請負業者を選別している。

「ファイナンスがつけば何でもやるといやあ、第二ボスポラス橋の入札んときは、滅茶苦茶だったよなあ」

第二ボスポラス橋は、イスタンブールのアジア側とヨーロッパ側を結ぶ吊り橋で、第一ボスポラス橋より五キロメートルほど黒海寄りに架かっている。高さ六四メートル、全長一五一〇メートルで、日本の円借款（低利長期の円建て融資）を受けて、一九八八年に完成した。建設を請け負ったのは、石川島播磨重工、三菱重工、日本鋼管の三社とトルコ、イタリアで構成する三国企業連合である。受注総額は五億五千万ドル（当時約千四百億円）だった。

「ああ、ありゃあ、ひどかった！　トゥルグト・ベイが、『ファイナンスをつけてくれるコントラクター（請負業者）に契約をやる』っていったもんだから、イタリアリラとかドイツマルクとかポンドとか、色んな国から色んな通貨建てのファイナンス案が山のように出てきて、収拾がつかなくなったもんなあ」

優男のチャクマコールが、膝を叩いて笑った。

それは数年前の出来事だった。各国の輸出信用はその国の通貨建てで、輸出信用でファイナンスできない部分は、通常、ドル建てになる。ダニシュマンらは、通貨も期間もばらばらな、各国の建設業者のファイナンス案をどうやって比較したらいいものか頭を抱えた。ちょうど米国の商業銀行アービング・トラストが、ファイナンス案を比較するソフトがあるといって持ってきたので、使おうとしていたところ、日土伊のコンソーシアムが、他国より一億ドルも低い請負額で建設を提案したので、結局、比較の必要はなくなった。

ちなみに二番札は英国のトラファルガー・グループだったため、英国のサッチャー首相が「日本政府の財政的支援による不公正な受注である」と、中曽根康弘首相に抗議し、長らく日英経済摩擦の火種になった。橋は昨年七月に完成し、開通式で車好きのオザール首相自らハンドルを握り、金丸信元副総理を乗せて時速二百キロ近いスピードでぶっ飛ばした。

「とにかく、ムスタファ、この脳外科病院のプロジェクトは、とんでもない馬鹿げた代物だから断るって、首相にいわなきゃ駄目よ」

「うん、わかってる、わかってる」

ダニシュマンがエンヴェルにうなずく。

職場での序列は、局長のダニシュマン、次長のチャクマコール、課長のエンヴェルの順だが、年齢は逆に、四十四歳のエンヴェルが一番上で、チャクマコールは一歳下、ダニシュマンは二歳下である。頭の切れ具合もエンヴェルが一番で、ダニシュマン、チャクマコールとも一目置いている。

「それからムスタファ、ＪＰモリソンが、『スワップ』の提案書を持ってきてるわ」

エンヴェルが、レターサイズ（米国の標準的な書式で、Ａ４判より縦が若干短く、横幅が若干広い）で三十ページほどのプレゼンテーション資料を差し出した。

「『スワップ』？　なんだそりゃ？」

ダニシュマンが怪訝そうな表情で、カラー刷りの冊子を受け取る。

「固定金利を変動金利に換えたり、変動金利を固定金利に換えたり、ドル建ての債務を他の通貨建ての債務に換えたりする契約だそうよ」

「うーん……」

ダニシュマンは理解できないという表情で、プレゼンテーションの記述を見つめる。

「ニルギュン、ＪＰモリソンは、ヤンキー債（外国の発行体が米国内で発行するドル建ての債券）のからみでそれを持ってきたのかい？」

チャクマコールが訊いた。

エンヴェルらは、トルコ政府の資金調達源を多様化するため、ヤンキー債の発行を検討しており、米国の大手商業銀行であるＪＰモリソンが、「是非、うちに主幹事をやらせてくれ」と熱心にいってきていた。ただし、ムーディーズとスタンダード＆プアーズという二つの格付会社から格付けをとるのが前提である。

「そう、ヤンキー債のからみよ」

エンヴェルがうなずく。「ヤンキー債は、ドル建て固定金利の債券だから、発行時点のドルの金利水準で、三年とか五年の間、クーポン（支払金利）が固定されてしまう。もし、発行時点の長期金利の水準が高くて、将来、下がると予想される場合は、スワップを使って固定金利の債務を変動金利の債務に換えておけばいいそうよ」

「うーん……」

ダニシュマンは、相変わらず理解できないという表情で、冊子を読む。

「なんか手品みたいな話だな。……セラハッティン、あんたどう思う？」

「お、俺に訊くなよ！　俺もニルギュンも、先週、ピーター・フィッシャーからそのプレゼンをもらって、こんなものが世の中にあるのかって、魂消《たまげ》たんだから」

ピーター・フィッシャーは、ＪＰモリソンのロンドン現地法人にいて、トルコを担当している米国人だ。

「あのう、それなんですけど……」

チャクマコールの後ろの椅子にすわったアイドゥン・ユルマズ青年がおずおずといった。

「『スワップ』って、そんなに複雑な仕組みでもないと思います」

一同の視線が、頬骨が張った浅黒い顔に縁なし眼鏡のユルマズ青年に注がれる。

「たとえば一億ドルの債券を発行し、仮にクーポン（金利）が五パーセントだった場合、半年ごとに二百五十万ドルの利払いが発生しますよね？」

一同がうなずく。

「それを『スワップ』で変動金利に換えると、たとえば変動金利の水準が四パーセントだったとすると、利払いは二百万ドル。三パーセントだったら、百五十万ドルで済むわけです」

「ふーむ……なるほど」

「ただし、逆に変動金利が六パーセントに上がったりすると、三百万ドル、八パーセントに上がると、四百万ドル払わなけりゃならなくなります」

「アイドゥン、でも債券の利払いは、あくまで主幹事証券に対して固定金利でしなけりゃならないわよね？」

エンヴェルが訊いた。

「そうです。その代わりに、変動金利と固定金利の差額を、スワップの相手からもらうことができます」

仮に、変動金利のほうが五十万ドル安ければ、トルコはＪＰモリソンから五十万ドルを受け取り、逆に変動金利のほうが百万ドル高ければ、ＪＰモリソンに対して、百万ドルを支払う。

「要は、債券の利払いとは別に、半年ごとに勝ち負けを計算して、負けたほうが勝ったほうに差額を送金して精算するんです」

「なるほど。……何となくわかってきたぞ」

ダニシュマンがうなずく。

「アイドゥン、あんた、それどこで勉強したの？」

「雑誌とか論文を読んだり、フィッシャーさんに電話で教えてもらいました」

ユルマズ青年は照れたような表情でいった。

ユルマズは、ハーバード大学のロースクールを卒業した秀才である。財務貿易庁は入るのが難しい役所で、毎年何千人もの応募者の中から八十人くらいが絞り込まれて面接に進み、最終的に入庁するのは、六、七人である。そのうち一人が対外経済関係局に配属される。

「まあ、俺たちゃ、国際金融のことなんて、ほとんど素人だからなあ。……外国のバンカー連中の前では、必死でわかったふりをしてるが」

チャクマコールの言葉に、エンヴェルが微笑した。

「アイドゥン、お前、よく勉強したな。……おい、みんなもアイドゥンを見習えよ」

ダニシュマンが一同を見回す。

「あんたもな」

チャクマコールが混ぜ返し、爆笑が沸いた。

ダニシュマンの背後には、書類が積み上げられた古い執務机があり、後方の壁に、タキシードを着たケマル・アタチュルクの白黒写真が飾られている。机の横には、トルコ国旗がスタンドに掲げられている。真紅に三日月と星を配した国旗に象徴される国家の利益を護るのがトレジャリーの職員の使命である。

窓の外のミトハト・パシャ通りは、そろそろ暗くなり始め、行き交う自動車の排気音や警笛の音が、地上から聞こえてくる。

「ところで、ムスタファ、トゥプラシュのファイナンスのことなんだけどね……」

エンヴェルが切り出した。

トゥプラシュは、Turkiye Petrol Rafinerileri A.Ş.（トルコ石油精製公社）の略称で、トルコの原油輸入の八五パーセントを取り扱う国営の石油精製会社だ。毎年五月に、原油輸入資金として、トルコ政府の保証付きで一億ドルをシンジケート・ローンで調達している。

「ＮＢＫがなかなかいいプライスのオファーをくれないのよね」

ＮＢＫは、National Bank of Kuwait（クウェート国立銀行）の略称で、クウェート最大の商業銀行である。

「どれくらいで、いってきてるんだ？」

「金利が七五ベーシス（〇・七五パーセント）、フィーも七五ベーシスです」

金利は、ＬＩＢＯＲプラス七五ベーシスポイントという意味だ。

「オールイン（すべて込み）で一五〇ベーシスか……。確かに、あんまりいい水準じゃないな」

トレジャリーは、国の外貨繰りを安定的なものにするため、①借入コストの引下げ、②借入期間の長期化、③資金調達源の多様化、を目標に掲げている。

なお、調達源は今のところ、世銀、各国の輸出信用、ドイツマルク建て債券、シンジケート・ローンなどだが、今後、ヤンキー債、サムライ債、ブルドッグ債（英国）、マタドール債（スペイン）などでも調達しようと検討中だ。

「ＮＢＫは、どうしていいプライスを出さないんだ？　頼んでみたのか？」

「もちろん頼んでみたけど、どうせマンデート（主幹事）は自分のところに決まってるから、下げると損だと思ってるようなのよ」

トルコはクウェートから原油を輸入しており、件の一億ドルのローンは、五年前からクウェート国立銀行が主幹事となって融資団を組成している。十いる引受銀行（各一千万ドルを引受け）も、七行までがクウェートと湾岸諸国のアラブ系の銀行だ。

「競争が足りんわけか……」

ダニシュマンが思案顔になる。

「四、五年前は、俺たちも、あんまり資金調達源がなかったんで、NBKが主幹事でアラブの金を引っ張ってきてくれるのは有難かったが……そろそろ、競争原理を導入するか？」

ダニシュマンの言葉に、エンヴェルがうなずいた。

翌週——

ロンドンに戻った但馬は、金融街シティのコーン・ヒル通りを歩いていた。

バンク駅からほぼ一直線に西に延びる通りの両側には、凝った装飾を施した五、六階建ての石造りのビルが建ち並び、右手前方に、ロイズ保険組合のメタリックなビルが垣間見える。百年以上前からあるシャツの仕立て屋、「シンプソンズ」という老舗レストラン、十七世紀に建てられた二つの教会、上海商業銀行、イラクのラフィダイン銀行、一五六五年に創設された古い商業取引所であるロイヤル・エクスチェンジなどが通りに並び、頭上を見上げると、ビルの屋上にすわった彫刻の魔物が下を覗き込んでいる。

四月の午前の風は爽やかで、初夏の兆しを感じさせる。

新神戸銀行ロンドン支店が入居しているコマーシャル・ユニオン・ビルは、バンク駅から一〇〇メートルほど離れた二十八階建ての黒い鉄骨とガラスのビルである。

但馬は、ガラスの自動扉から広い入り口ホールに入り、奥にあるエレベーターに乗って、新神戸銀行のある十階に向った。

応接室で但馬を迎えたのは、二人の日本人だった。国際金融担当次長と、三十歳くらいの支店長代理である。

「……申し訳ないんですが、そういうことであれば、わたしどもは、リード・マネージャー(幹事銀行)を降ろしていただくしかありません」

ソファーにすわった次長は、但馬の説明を聞くと淡々といった。額が後退した苦労人風の人物である。

「そうですか。……やはり、そうでしょうねえ」

紺色のスーツの但馬は、残念そうな表情でいった。

ようやくカラデニツ銀行との交渉に決着がつき、葉タバコの担保差し入れの代わりに、東西銀行にエスクロウ・アカウント(信託口座)を設け、そこに葉タバコの輸出代金を直接振り込み、金利を〇・五パーセント引き上げて、LIBORプラス一・六二五パーセントにすることになった。

これから参加コミットをした銀行に、条件変更の諾否を打診しなくてはならないが、東西銀行とともに、新神戸銀行がリード・マネージャーになっているので、まず同行の意向を訊きに来たのだった。

「わたしどもとしては、この案件は葉タバコの担保が入るということで、トルコの国枠とは別に本部から承認をもらっていたんです。担保が入らないとなると、その前提が崩れてしまうんですよ。ですから、プライスをいくら引き上げられても、担保が入らない限り降りるしかないんです」

新神戸銀行の次長がいい、かたわらの若い支店長代理がうなずく。

言葉遣いは丁寧だが、担保が入らない限り、土俵に乗らないことは明確だった。

「わかりました。それでは、うちだけで、何とかシンジケーション（融資団組成）を続行することにします。……このたびは、ご迷惑をおかけして、申し訳ありませんでした」

但馬は、気落ちしながら頭を下げた。もし、新神戸銀行が変更を認めてくれれば、他の参加銀行が融資団に留まる大きな動機になるはずだった。

「いえいえ、東西銀行さんのせいじゃありませんから。……他の参加銀行さんは、どんな反応なんですか?」

「まだどこにも訊いていません。訊けるような状態でもなかったですから」

応接室のドアが開き、中年の女性が、ウェッジウッドのカップに入った紅茶を持って来た。

「ところで、先月の地方選挙で、祖国党が負けたようですが、現地は、どんな状況ですか?」

紅茶にミルクを入れ、スプーンでかき回しながら、若い支店長代理が訊いた。

去る三月二十六日に行われたトルコの統一地方選挙で、与党・祖国党は、前回の得票率三六・二パーセントを大きく下回る二一・九パーセントにとどまった。一方、野党側は、中道左派の社会民主人民党が二八・四パーセント、六回首相を務めた老政治家シュレイマン・デミレルが率いる右派の正道党が二五・三パーセントを獲得して躍進した。

「基本的には、大きな変化はないと思います」

但馬がいい、ゆっくりと紅茶をすする。

「アンカラやイスタンブールに行っても、以前と変わった様子は全然ありません。……あの国は、ケマル・アタチュルクの『ケマリズム(ケマル主義)』が国是で、政党間の政策の違いもあまりない国ですから」

「ケマリズム」は、近代トルコを貫くバックボーンで、①共和主義(共和制の確立)、②国民主義（トルコ民族による国民国家の確立）、③人民主義（社会の諸階層、職能団体の団結）、④国家資本主義（民族資本による国民経済の確立）、⑤世俗主義（宗教と政治の分離）、⑥革命主義（イスラムの伝統排除・婦人参政権の実現等の社会の革新）、の六原則からなる。

「今回の地方選挙の敗北は、インフレ率とか労働者の賃上げ問題といった経済面の不満が原因と考えられています。オザール首相は、二十一人の閣僚のうち十二人を更迭して、態勢の立て直しを図るようです」

但馬の言葉を、若い支店長代理がメモする。

「やっぱり、トルコはインフレが大きな問題ですよねえ。今、年率で七〇パーセントくらいですか？」

「そうですね」

但馬がうなずく。

「うちの国際審査部は、一〇〇パーセントに近づくと危険信号とみなして、クレジットラインを閉めるようにいってきますよ」

「うちも似たような状況です。……トルコの人たちは親日的で、こちらも力になってあげたいのは、やまやまなんですが、あれだけの対外債務を抱えて、あれだけのインフレ率の国ですからねえ」

但馬はオフィスに戻ると、上司である国際金融担当次長の米国人バリー・ゴールドスタインと副支店長の古沢に、新神戸銀行が降りたことを伝えた。二人とも予期していた様子で、「うち一行でやるしかないな」といった。


時刻が午前十一時を回った頃、但馬は、フロアーの一角にある小会議室で、古沢と二人で「スターフィッシュ（ひとで）」と呼ばれる会議用電話機に向かって話していた。

「……ですから審査役、新神戸が降りたというのは、あくまでも本件に対する捉え方の違いでして、あちらは担保付融資でないと絶対駄目ということですが、わたしどもは、カラデニツ銀行は、十分リスクがとれる銀行だと思ってるんです」


ウェーブが少しかかった灰色の頭髪の古沢が、いつもの早口で、黒っぽい「スターフィッシュ」に向かって語りかける。ひとでのような三本足を持った会議用の電話機である。

「しかしねえ、リード・マネージャーの一つが降りた条件変更を、他の参加銀行が受け入れるかねえ？」

「スターフィッシュ」から、疑り深そうな中年男の声が流れてきた。本店の国際審査部にいる岡本という名の審査役だ。東京は、午後七時をすぎたところである。

「まあ、あのー、稟議書でご説明しましたとおり、エスクロウ・アカウントですとか、葉タバコの輸出業者に対する輸出代金の送金指示書ですとか、可能な限りのストラクチャーを作りまして、プライスも五〇ベーシス（〇・五パーセント）引き上げましたから、納得してくれる銀行は多いんではないかと思います」

古沢がいった。

「但馬君、ほんとにそうなの？　きみ、組成する自信あるの？」

岡本審査役が訊いた。

「担保については弱まる結果になりましたが、その分、プライスを上げましたので、理屈のとおった条件変更だと思います。個人的には、六、七割の参加銀行が受け入れてくれるのではないかと思っています」

但馬がテーブルの上に身を屈めるようにして、「スターフィッシュ」に向かって答える。

「六、七割ねえ……。すると二千万ドル前後のファシリティ（融資）になるわけか？」

「その点を考慮しまして、千五百万ドルのアンダーライティング（引受け）は、なしということで、ボロワー（借り手＝カラデニツ銀行）も納得しております」

条件変更にともない、東西銀行は「ベスト・エフォート・ベース」（参加応募額が目標額に達しない場合、幹事銀行は不足額を融資する義務を負わない）に切り替えるということでカラデニツ銀行に了解してもらった。

(引受けしてないのに、なんで売れるかどうか心配するんだ⁉　そんなこと心配する必要ないじゃないか！)

但馬の顔に苛立ちが滲む。

岡本という審査役は大学こそ一流大学を出ているが、仕事に対する熱意がなく、出世もとうに諦めた五十男である。いわば組織の「ぶら下がり族」だ。

(どうして人事部は、国際審査部にこういう人間ばかり送り込むんだ？　営業の最前線に深刻な影響が出ているのが、わからないのか？)

三百万ドルを超える融資案件は、すべて国際審査部の承認をとらなくてはならない。稟議書を出すたびに、若い副審査役から大量の資料の提出を求められたり、岡本審査役から、的外れな質問をされたりで、一苦労させられる。しかし、「泣く子と国際審査部には勝てない」。

「岡本審査役、本件については、葉タバコ輸出業者に対する転貸融資の時期もきておりますので、できれば早急に、参加銀行に条件変更の諾否を確認したいと思います。……なんとか今日、ご承認をいただけないでしょうか？」

古沢が熱意を込めていった。

邦銀は官庁並みに上下関係がうるさく、本店の審査役に対しては副支店長クラスから説明しないと、話を聴いてもらえない。

「うーん、今日、承認しろといわれてもねえ……僕、もう帰りたいんだよね」

(僕、もう帰りたい、って……これが大人のいい草か⁉)

「だいたい、トルコなんて中東だろ？」

「まあ、広い意味では、中東といえなくもないですが……」

(どうして突然、こんなことをいい出すんだ？)

「きみたち、こんな話を知ってるか？」

岡本審査役は、但馬らの思いなど気にかける風もなく、のんびりした口調で訊いた。

「あるとき、中東の川岸にサソリがいた。そこに、駱駝《らくだ》がやって来た」

「…………」

「サソリは駱駝にいった。『俺はこの川を渡りたいんだ。だからお前の背中に乗せてくれ』。しかし、駱駝は『嫌だよ。だってお前は、俺を、その毒針で刺すかもしれないじゃないか』と答えた」

どうしてこんな寓話めいた話が始まるのか、但馬もまったく理由がわからず、半ば呆然として話を聞く。

「そしたらサソリは『馬鹿だなあ、お前。俺がそんなこと、するはずないじゃないか。俺がお前を刺したら、俺も川に溺れて死ぬだろ？』といった。駱駝は、『なるほど、確かにそうだ』といって、サソリを背中に乗せて、川を渡り始めた」

「…………」

「川の中ほどまで来たとき、サソリが突然、駱駝を毒針で刺した。駱駝は驚いて『どうしてそんなことするんだ⁉　俺だけじゃなく、お前も死ぬじゃないか⁉』といった。サソリはなんと答えたか？」

「…………」

「水の中に沈んでいく駱駝の背中で、サソリはいった。『どうしてだって？　それは、ここが中東だからさ』」

（いったい何なんだ、これは？）

「じゃあ、僕はもう帰るから」

岡本審査役は、ぶつりと電話を切った。

但馬も古沢も唖然として、しばらく言葉が出ない。

「今の、どういう意味なんですかね？」

「要は、中東なんて理屈が通らない何が起こるかわからない地域だっていいたいんだろう。

……俺もあの寓話、どっかで聞いたことがあるよ」

古沢が苦笑を浮かべた。「もう岡本さんじゃ、話にならんな。……俺があとで大門さんに電話してやるから、今日か明日に稟議が承認になる前提で準備しろよ」

大門というのは国際審査部長で、厳格だが、まっとうな理屈が通じる人物だ。

「わかりました。よろしくおねがいします」

古沢は立ち上がり、「まったく疲れるよなあ」といいながら、先端にゴム鞠が付いた五〇センチほどの棒で、自分の肩を叩きながら、会議室を出て行った。

但馬は国際金融課の自分のデスクに戻った。

低いパーティションで仕切られたL字型のデスクの上には、書類用のトレー、電話、ユーロ市場に参加している銀行の詳細が載っている分厚いダイレクトリー（総覧）などが置かれ、読みかけのＩＦＲ（International Financing Review、週刊の国際金融誌）が開かれていた。

パーティションの反対側では、アシスタントの英国人女性がローン契約書の草案を読み、対角線上の若い女性秘書は、マーケティング・オフィサーの一人が吹き込んだ面談記録のテープをイヤホンで聴きながら、パソコンのキーボードを叩いている。

電話が鳴った。

「ハロウ、タジマ・スピーキング」

但馬は受話器を取って、耳にあてる。

「ハイ、ディス・イズ・ニルギュン・エンヴェル・フロム・ターキッシュ・トレジャリー・スピーキング」

受話器から、よく通る力強い女性の声が聞こえてきた。

（トレジャリーのエンヴェルさん？　……いったい、何の用事だろう？）

トレジャリーが自分のほうから電話してくることはあまりない。

「実は、トゥプラシュ（トルコ石油精製公社）の件なんだけれど、東西銀行からシ・ローンのオファー（提案書）をもらえないかしら？」

アンカラの女傑は、単刀直入にいった。

「トゥプラシュのシ・ローンというと、毎年五月にNBK（クウェート国立銀行）がやってる期間一年のやつですか？」

「そうです」

「しかし……あれは、毎年NBKがやる案件なんじゃないんですか？」

「必ずしもそうとは決まっていません。我々としては、NBKとの関係も大事にしていますが、銀行からは常にベストの条件で融資をしてもらう方針に変わりありません」

きっぱりとした口調でいった。

（ほーう……これは面白い）

　但馬は瞬時に、トルコ向けの国枠にまだ多少余裕があること、政府保証付きの期間一年の案件であれば、一億ドルでもマーケットで捌《さば》けそうなことに考えを巡らせた。

「わかりました。東西銀行としては、もちろん興味があります」

「ザッツ・ファイン（それは結構）」

　エンヴェルの反応は速く、トレーダーのようだ。

「金額は一億ドル、期間は一年、トルコ政府保証付き、返済はブレット（期日一括）、その他条件は基本的に去年と同じ、東西銀行のフルアンダーライト（全額引受）、以上でいいですね？」

　有名な案件なので、概要は頭の中に入っていた。

「それで結構です。オファーはいつ頃もらえますか？」

「一週間以内にお送りするよう努力します」

「楽しみにしています」

　受話器を置くと、但馬は一つ大きく深呼吸してから立ち上がった。

　そばの灰色のスチールキャビネットに歩み寄り、ずらりと入ったドロップイン式のファイルから、トゥプラシュ関係の書類を取り出す。

（去年の決算書がないな……）

たとえトルコ政府の保証が付いていても、稟議書にはボロワー（借入人＝トゥプラシュ）の最新の財務内容を添付しなくてはならない。

但馬は受話器を取り上げ、トゥプラシュの財務部に電話を入れた。

トゥプラシュの本社は、イスタンブールからマルマラ海に沿って車で約一時間半東にいった工業地帯にあり、過去に一度だけ訪問したことがある。

「……イエス、アワ・ファックス・ナンバー・イズ　４４－１－３３０……」

昨年十二月末の決算書をファックスしてくれるよう頼んで、電話を切ると、トゥプラシュとの過去の面談メモや、シンジケート・ローンの詳細などをデスクの上に広げ、戦略を練る。

（一億ドルはでかい。しかも、政府保証付きはここ九ヶ月くらい案件がないから、ベンチマークがなくてプライスが付けにくい。……思い切ったオファーを出すには、どこかと共同で引き受けるしかない）

しばらく考えたあと、扶桑《ふそう》銀行ロンドン支店の国際金融課に電話をして、五千万ドルずつ引き受ける気はないか打診した。

扶桑銀行は、丸の内を本拠地とする旧扶桑財閥グループ系の大手邦銀である。

相手は興味を示し、早速本店に稟議書を出すと請合った。

（よし、じゃあ、稟議書作りを始めるか）

用紙を目の前に置き、稟議書を書こうとしていると、かたわらから声をかけられた。

「但馬君さあ、源泉税の取りまとめ、いつ頃できそう？」

デスクのそばに、支店の主計を担当している先輩行員が立っていた。東大経済学部卒で、細面に眼鏡をかけた温厚な人物だった。独身寮時代は、休日にサンダル・咥えタバコで、パチンコをよくやっていた。

「あ、すいません、金曜日までにはやりますから」

源泉税の取りまとめというのは、スペインの電力会社などに対する融資の金利を受け取る際に、二〇パーセントの源泉税を差し引かれており、その額を取りまとめて報告すると、日西間の租税条約にもとづいて、日本で納める法人税額から控除できるというものだ。

但馬は、三月の年度末決算集計のために、取りまとめを命じられていたが、作業は結構面倒で、融資管理課にある案件ファイルの中から、課税国から送られてくる源泉徴収通知を集め、集計しなくてはならない。案件によっては送られてきていないケースもあり、いちいち請求していては時間がかかるので、金利の額から源泉税額を算出し、集計表に書き込んでいく。

「営業さんは案件で色々忙しいとは思うけど、よろしく頼むよね」

パチンコ好きの先輩行員は、微笑を浮かべて立ち去った。

(やれやれ……)

但馬は、源泉税の集計用紙とシャープペンシルを手に、席から立ち上がった。

ゴールドスタインをはじめとする非日本人行員は、自分の仕事だけをやっていればよいが、日本人行員は、本業以外にも様々な雑用を与えられている。

土曜日——

「……じゃあ、行ってくるから」

地下鉄ノーザン線のゴールダーズ・グリーン駅から歩いて十分ほどの場所にあるフラット(マンション)の出口で、但馬は妻に声をかけてドアを閉めた。妻は大学の同級生で、日本では東証一部のフィルムメーカーに勤めていた。今はロンドン市内の語学学校で英語を習っている。見た目は華奢だが、分別と柔軟性をかね備えた大人の女性である。

長袖シャツにチノパン姿の但馬は書類鞄を提げ、地上に続く階段を下りていく。

ゴールダーズ・グリーン駅は、裕福な人々が住む町で、ユダヤ人(Jew)と日本人駐在員が多いところから「JJタウン」とも呼ばれる。駅前のロータリーには、第一次と第二次の大戦々没者を追悼する時計塔が建っており、広いバス停がある。

但馬は、古い駅舎から地下鉄に乗り、新潮選書の「ケマル・パシャ伝」（大島直政著）を開いた。前任者から「これは、トルコを理解するためのバイブルだ」といって渡された本で、トルコを滅亡の危機から救ったケマル・アタチュルク（一八八一年～一九三八年）の生涯を感動的に描いた本であった。


〈……救国戦争の天王山の戦いとなったサカリア川の戦いが始まったのは、一九二一年八月十四日であった。ギリシャ本土と父祖の地である小アジアを合わせ新ビザンティン帝国の建国という野望に燃える約十万のギリシャ軍は、その半数の兵士しかいないトルコ軍の諸陣地へ昼も夜も砲撃を加えてきた。〉

大砲も弾丸も兵士も不足しているトルコ軍は、一日に一塊のトウモロコシのパンを食べて敵の砲撃に耐え、前線を駆け巡って自分たちを励ますケマル将軍を信じて戦い続け、ついに敵を退却に追い込んだのだった。

（近代トルコの建国には、こんな激しい歴史があったんだなあ……）

床が板張りの古めかしい地下鉄の車両に揺られながら、但馬は、トルコ人たちの強い愛国心と、アタチュルクへの深い尊敬の理由が、だいぶわかったような気がした。

古い地下鉄は、途中、信号の故障で十五分ほど立ち往生したあと、三十五分ほどでバンク駅に到着した。

休日のシティは、人気がなくがらんとしていた。ビルの改修作業をやっているヘルメット姿の作業員や、ガイドブックを手にした観光客などがちらほらいるだけだった。


キング・ウィリアム通り沿いに建つビルの四階の国際金融課のオフィスに入っていくと、デスクの一つに上背のある人影があった。

「よう、お早う」

但馬の足音に気づいて振り返ったのは同期入行の巽だった。東京にある一流国立大学卒の「豹のような」エリートは、青いオックスフォード地の長袖シャツにチノパンという軽装だった。

「よう。……稟議？」

自分のデスクに書類鞄を置いて、但馬が訊いた。

「ああ。ランズバンキのシ・ローンの稟議書だ。額は二千万ドルで、小さいんだけど」

ランズバンキは、アイスランドの商業銀行である。

「そっちは？」

「トゥプラシュの一億ドルのシ・ローンの稟議だ。……今週は、期末の源泉税の取りまとめとか、アルジェリアのLCコンファーム（確認）の追加説明書とか、カラデニツ銀行のタバコ・ファイナンスの条件変更の通知を出したりとか、雑用が山ほどあったんでね」

カラデニツ銀行向けの三千万ドルのシ・ローンは、条件変更の稟議書が承認になり、参加銀行に対して条件変更の諾否を尋ねるテレックスを発信したところだった。

「一億ドルか……結構でかいな。どれくらい儲かるんだ？」

浅黒い顔に、対抗心を刺激されたような気配が浮かんだ。

「期間が一年だから、たいしたことないよ。一五ベーシス（〇・一五パーセント）も抜ければいいほうじゃないか」

引受手数料は七五ベーシス（〇・七五パーセント）を提案する予定だが、このうち一五ベーシス程度は、主幹事銀行のものになる。一億ドルの〇・一五パーセントは十五万ドルで、共同主幹事の扶桑銀行と半分ずつにするので、七万五千ドル（約一千万円）である。

「悪くないじゃないか」

「まあ、獲れればの話だけど」

巽はうなずいて、再び稟議書を書き始めた。

但馬は、同じフロアーの給湯室のそばのコーヒー・マシンのところにいき、紙コップにコーヒーを注ぐ。

少し離れた席の地場（英国）企業課で日本人が一人休日出勤してきていたが、それ以外は誰もいない。秘書たちが使うタイプライターにはカバーがかけられている。

自分の席に戻って、コーヒーを飲みながらＡ４判サイズの稟議書の用紙にシャープペンシルを走らせていると、足音が聞こえた。

顔を上げると、同期の若園が近づいて来るところだった。

「よう、二人ともきてたのか」

銀縁眼鏡をかけた小柄な国際派は生成りの麻のジャケット姿だった。周囲に涼しい風が吹いているようなすっきりした目鼻立ちの顔である。

「手が遅いもんで、休日出勤だよ」

巽が笑いながらいった。

手が遅いというのは謙遜で、巽は並みの行員の倍以上の仕事をしている。

「そっちは？」

「決算関係の仕事の積み残しを片付けようと思ってね」

若園が自分のデスクにすわりながらいった。

三人はそれぞれ別々の島にデスクを持っている。

「海投損《かいとうそん》か？　大変だな」

海投損とは「海外投資等損失準備金」の略称で、不良債権化した海外向け投融資に対する引当金のことだ。この額を確定するために、ナイジェリア、ザンビア、ポーランド等債務の繰延べをした国々に対する融資額と未収利息の額を調べなくてはならない。案件によっては、債務繰延べが何度も行われたり、融資が途中で分割されたりしているケースがあり、いつからいつまでの間、元本がいくらで受け取るべき金利と遅延金利がいくらかを調べなくてはならない。元々の融資契約書や繰延べ契約書、エージェント（事務管理）銀行から送られてきた金利決定のテレックスなどを突き合わせながら一つ一つ確認しなくてはならない。

「さて、早いとこやっつけるか。……今晩は、家内とオペラに行かなきゃならんしな」

若園は笑って、デスクの横に置いてあった巻紙を広げた。縦約八〇センチ、横一メートル強の模造紙を二枚張り合わせた大きな紙で、家系図か生物の進化図のように、元々の融資がどのように繰延べされ、分割されていったかが図と数字で示されていた。

若園は麻のジャケットを椅子の背もたれにかけ、模造紙を床の上に広げて、ヒューレット・パッカードの黒い関数用小型電卓と鉛筆を手に持ち、紙の上に這いつくばった。

第二章　シ団組成

翌週——

但馬は、東西銀行の会議室の一つで、会議用テーブルの上に置かれた三本足の「スターフィッシュ」（会議用電話器）から流れてくる声に耳を澄ましていた。

トルコの財務貿易庁に電話をし、資本市場課長のニルギュン・エンヴェルにつないでくれるよう頼んだところだった。

テーブルを囲んでいるのは、但馬のほか、国際金融担当次長のバリー・ゴールドスタインと、扶桑銀行の香港系中国人女性のシンジケーション・マネージャー、同行国際金融課の日本人行員の四人である。

両行ともトゥプラシュ（トルコ石油精製公社）向け一億ドルのローンを引き受ける稟議書の承認が取れ、昨日、エンヴェルに対してインディカティブ・オファー（融資の仮提案書）

をファックスで送ったところだった。手数料が〇・六二五パーセント、金利がLIBORプラス〇・七五パーセントで、オールインでLIBORプラス一・三七五パーセントという条件だった。

「ディス・イズ・ニルギュン・エンヴェル・スピーキング！」

電話機から、アンカラにいるエンヴェルのナイフのような声が響き、室内に緊張感が走る。

「ファイナンス案を読ませてもらいました」

トルコの女傑は、単刀直入に切り出した。

「もう一度プライスを考え直していただきたいと思います。オールインでL《エル》（LIBOR）プラス一〇五（ベーシスポイント＝一・〇五パーセント）ならすぐにマンデート（融資団組成委任状）を差し上げます。一二五ならファイナンス案は読みません」

有無をいわせぬ口調で一気に畳みかけられ、四人はぐっと詰まる。

（うーん……マーケットの下ぎりぎりのところを突いてくるなあ……）

但馬は緊張で、胸のあたりがじっとりと汗ばんでくる。

提案書は一・三七五パーセントの上乗せ幅《マージン》で出してあったが、一・二五パーセントまでは下げるつもりだった。場合によっては一・一五〜一・一八七五パーセントまでは頑張ろうかとも考えていた。しかし、一〇五（一・〇五パーセント）というのは、非常に厳しいレベルだ。

エンヴェルは、提案書を一読してこちらの心積もりを見抜き、一汗くらいかかせようと考えているらしい。

「ニルギュン、ディス・イズ・ゴールドスタイン・スピーキング。メイ・アイ・アスク・サム・クエッションズ……（ニルギュン、ゴールドスタインだが、いくつか質問させてもらいたい……）」

身長一九六センチのゴールドスタインが、「スターフィッシュ」の上に屈み込むようにして、米国訛りの英語でいった。

「このあと、トレジャリーの保証でどんな案件が出てくるのか教えてほしい」

「次は、四億マルクの債券発行で、ドイツの投資家がターゲット。その次が……」

「スターフィッシュ」から、エンヴェルのよく通る声がよどみなく流れてくる。

ゴールドスタインは、プライスについていくつか質問し、エンヴェルの腹積もりを探ろうとした。ジャブを一、二発打ち込んで引き下がり、再び踏み込んでジャブを打つ。

二人のやり取りを聞いていると、エンヴェルは、ＬＩＢＯＲプラス一・一〇パーセントくらいまでなら妥協しそうな口ぶりだった。

「……バリー、アイ・スィンク・ディス・シュッド・ビー・イナフ（バリー、もう十分情報を差し上げたと思うけれど）」

　数分間話したあと、エンヴェルはぴしりといった。

「オーケー、サンキュー」

　荒くれ米国人バンカーも、国家の対外債務管理を担う女傑の迫力に気後れしている様子である。

「スターフィッシュ」のスイッチを切ると、室内にほっとした空気が流れた。

「彼女はいつも凄い気迫よね。つけ入る隙が全然ないサムライみたいだわ」

　扶桑銀行の香港系中国人女性シンジケーション・マネージャーが、感じ入ったようにいった。ショートカットの小柄な女性で、年齢は三十代後半。以前は、大手フランス系銀行に勤務していた。

「だが、エンヴェルもすべてのカードを持っているわけじゃない。……向こうから我々にコンタクトしてきたということは、手元にいいカードが揃っていないということだ」

　ゴールドスタインの言葉に、一同がうなずく。

「Lプラス一〇五ならすぐマンデートだといってたけど、どう思う？」

　但馬が一同の顔を見回す。

「去年のプライスがLプラス一五〇でしょ？　いくらトルコの信用リスクが改善していると

いっても、一気に三分の二にすると、マーケットから反発を食うと思うわ」

香港系中国人女性がいった。

市場の水準を一気に下げる行為は「マーケット・ブレーク（相場破壊）」と呼ばれ、同業者の間で軽蔑される。

「三千万ドルくらい抱え込む覚悟じゃないと、できんプライスだよな」

ゴールドスタインがいった。

東西銀行も扶桑銀行も五千万ドルずつ引き受けるが、ファイナル・テーク（自行が融資する額）は一千万ドルが目標で、残り四千万ドルは市場で販売するつもりである。もし販売に失敗して一千万ドル以上を抱え込むことになると、本店から様々なペナルティを科される。

「『一〇五ならすぐマンデート』というい方は、一〇五なら願ってもないプライスってことよね。つまり、エンヴェルさんも、一〇五は相場水準じゃないのを認めてるわけじゃない？」

「一方で、『一二五ならファイナンス案は読まない』っていってるから、一二五より下じゃないと駄目でしょうね」

「あそこまではっきりいったら、面子にかけてでも読まないでしょう。トルコ人は面子を重んじる民族ですから」

但馬の言葉に一同がうなずく。

その後、三十分以上、販売見通しやトルコ側の思惑、競合他行の動きなどについて話し合った末、手数料を四三・七五ベーシス、金利をLIBORプラス七五ベーシス、オールインでLIBORプラス一一八・七五ベーシス（一・一八七五パーセント）にして、正式な提案書をファックスで送った。

なお、国際融資のプライスは、四分の一、八分の一、十六分の一刻みが「美しく、プロフェッショナル」であるとされる。

翌日——

四人は再びエンヴェルと電話会議をして、融資条件について話し合った。

予想したとおり、エンヴェルはプライスを一〇五まで下げることは求めず、「金利はこれでいいが、手数料をなるべく三五に近いところにしてほしい」といってきた。

二行は話し合った末、手数料を四〇まで下げ、オールインでLIBORプラス一一五ベーシスにしてオファーを再提出した。

週明けの火曜日——

　但馬は、朝四時に起床して身支度をし、白々と夜が明けてきた朝五時台のロンドンの郊外を、キャブでヒースロー空港に向かった。

　エンヴェルから「オファーの内容に興味があるから、なるべく早くアンカラに来てほしい」と要請があったのだ。

　午前五時半にヒースロー空港の一番ターミナルに到着すると、三十以上ある航空会社のチェックインカウンターには人っ子一人おらず、一瞬、空港閉鎖かと思わされた。

　喫茶店だけ開いていたので、寝ぼけた頭でコーヒーを飲みながら待っていると、午前六時頃から「タイラック」（ネクタイ店）や「ブーツ」（薬局）といった店に照明が点り始め、出発便のチェックインが始まった。

　出国審査をとおり、英国航空の専用ラウンジで、フィナンシャル・タイムズを読んでいると、スーツキャリアー・バッグを肩にかけたゴールドスタインが寝ぼけ眼でやってきた。

　二人は、午前八時発の英国航空650便でヒースローを離陸。

　イスタンブールでトルコの国内線に乗り換え、アンカラ空港に午後五時すぎに到着した。

「……まったく信じられん！　なんだ、このファッキング・ダーティー・カントリー（クソ汚い国）は！」

タクシーで街に向かうハイウェーの両側の小高い丘が、びっしりと「ゲジェ・コンドウ」と呼ばれる不法建築で埋め尽くされているのを見て、ゴールドスタインが吐き捨てるようにいった。

「二回もリスケ（債務繰延べ）をやってる国だけあるぜ、まったく！」

オスマン帝国末期の宰相の名前をとったミトハト・パシャ通り十八番地にある財務貿易庁の古めかしい十階建てのビルの前に着いたとき、時刻は午後六時になっていた。

ニルギュン・エンヴェルは、部下のアイドゥン・ユルマズ青年とともに、東西銀行の二人を待っていた。

小さな応接室には、古い布張りのソファーセットがあり、タキシード姿のアタチュルクの肖像画が壁に掛けられていた。

「このたびは、我々のオファーに興味を示していただき、嬉しく思います」

黒縁眼鏡をかけたゴールドスタインが切り出した。

本人に悪気はないのだが、声の大きなアメリカ英語は傲慢に聞こえる。

「トルコにきたのは初めてですが、予想以上に立派な国ですな。まるでヨーロッパのようだ！　我々としても、顧客である国が発展していくのを見るのは、喜びとするところです」

大げさな世辞を聞きながら、隣りの但馬は居心地が悪かった。

「あれは、財務貿易庁の長官か何かかね？」

ゴールドスタインは、壁のアタチュルクの絵を指して訊いた。

「バリー、あれはケマル・パシャだ。近代トルコ建国の英雄だよ」

「ああ、そうか。建国の英雄ね。ほーう」

エンヴェルの灰色の瞳には、冷めた光が湛えられていた。ゴールドスタインを、無知なアメリカの田舎者だと思っているに違いない。

「じゃあ、融資の条件について、お話ししましょうか」

但馬が話題を変え、トルコ側の二人がうなずいた。

コーヒーテーブルの上には、予め送ってあったファックスが置かれていた。

「手数料、金利等の条件については、いかがでしょうか？」

「東西銀行と扶桑銀行のオファーは、これが最終のプライスですか？」

グレーのスーツを着たエンヴェルがいった。

「一応最終ですが……。もう一頑張りしないといけないでしょうか？」

但馬が訊くと、エンヴェルは、あとほんの少しなら下げられるというニュアンスを理解した顔つきになった。このあたりは、木の幹で出会った昆虫と昆虫が、触角を触れ合わせて意思疎通をするような微妙なニュアンスで伝えるのがプロのしきたりだ。

「では、プライスについては、あとで話すことにしましょう。……サブアンダーライター（副引受銀行）は、どこを考えていますか？」

総額の一億ドルは東西銀行と扶桑銀行でいったん引受けするが、三行くらいサブアンダーライターを入れ、最終的に五行で二千万ドルずつ引き受けてマーケットに出る戦略を立てていた。

「我々は、ファースト・シカゴ、バンク・オブ・ニューヨーク、バンク・オブ・ボストン、リッグスＡＰあたりを考えている」

ゴールドスタインがいった。

いずれもトルコ向け融資で実績のある米国の準大手銀行である。

「それから、邦銀もいくつか打診してみる予定です。一、二行は入ると思います」

但馬の言葉に、エンヴェルがうなずく。

「マニハニ（マニュファクチャラーズ・ハノーバー銀行の略称）、とＪＰモリソンは、どう思うかね？」

長い膝から下を持て余し気味にすわったゴールドスタインが訊いた。

「マニハニは、あまり好きじゃないわね。ＪＰモリソンは、入らないでしょう」

エンヴェルはマニュファクチャラーズ・ハノーバー銀行に何か不愉快な経験でもある様子。

一方、ＪＰモリソンはプライドが高いので、サブアンダーライターなどには入らないということのようだ。

「ＧＩＢは、どうかね？」

ガルフ・インターナショナル・バンク（略称ＧＩＢ）は、バーレーンに本店を置くアラブ系の大手銀行だ。

「イフ・ゼイ・ジョイン、ザット・ルックス・ナイス（彼らが入れば、見栄えがいいわね）」

引受グループは、世界各地の有力銀行が地域に偏りなく入っているのが「美しい」とされる。

「スケジュール的にはどうでしょうか？」

但馬が訊いた。

「二、三日中に、各行から最終オファーをもらって、来週マンデート、翌日にローンチ（融資団組成開始）、五月二十二日に調印、翌日レートセッティング（金利決定）、五月二十五日にドローダウン（引出し）というスケジュールで考えています」

手元のメモを見ながら、小柄なユルマズ青年がいった。かなり厳しいスケジュールだが、すでに東西銀行と扶桑銀行の二行で引受グループ（幹事団）が出来上がっているので、やってやれないことはない。

なお、金利決定というのは、その時点でのＬＩＢＯＲにもとづいて、融資に適用される金利を確定することだ。

「二、三日中に、各行から最終オファーをもらうということですが、我々以外にも、オファーを出しているグループがあるということですね？」

但馬が訊いた。

「ＮＢＫ（クウェート国立銀行）と住之江銀行です」

（住之江銀行か……）

関西系の大手邦銀だ。行員が軍隊のように鍛えられており、海外でも「住之江銀行のとおった跡はぺんぺん草も生えない」といわれる。

（アンカラに呼ばれたので、マンデート確実かと思ったが……）

前回電話で話したときよりエンヴェルは強気になっている。

（たぶん、ここ二、三日で他のグループと交渉が進んだんだろう……）

「ＮＢＫは、そうでもありませんが、住之江銀行は非常に前向きで、プライスもコンペティティヴな（競争力のある）ものを出してきています。……。東西銀行のほうは、プライスはどこまで下げられますか？」

灰色の瞳で二人をぐっと見据える。心の中まで射貫くような強い視線だ。

「ご希望どおり、手数料を三五ベーシスにさせてもらいましょう」

予め打ち合わせたとおり、ゴールドスタインがいった。これで金利と合わせてLIBORプラス一一〇ベーシス（一・一〇パーセント）である。

「ご希望のプライスにしたので、マンデートをいただいて帰るつもりだったのですがね」

大柄な米国人は、強そうな顎をしゃくって皮肉った。

「一一〇というプライスには、わたしとしては納得しています」

エンヴェルは冷静に応じた。

「あとは、経済担当大臣が了解してくれるかどうかです」

ゴールドスタインは、不承不承といった顔つきでうなずく。

「じゃあ、我々の最終条件はそういうことで。ロンドンに戻り次第、正式なオファーをファックスでお送りします」

「わかりました。……ところでカラデニツ銀行の件は、決着が着いたのですか？」

「結局、葉タバコの担保は入れられないということなので、それに代わるエスクロウ・アカウントなどのストラクチャーを作って、金利を五〇ベーシス上げることにしました」

「なるほど……ザッツ・リーズナブル（妥当なところですね）。参加銀行の反応は？」

「当初、十一の銀行から三千万ドルのコミットがありましたが、三行がドロップ（撤退）して、最終的に、参加八行・総額二千三百万ドルで、再来週くらいに調印します」

但馬が懸命に各銀行を説得した結果、当初の千八百万ドル前後という予想を大きく上回った。融資額を少しでも多くして見栄えよくするため、東西銀行は六百万ドルという最大の参加をする。

「ご苦労さまでした。ミスター但馬のご努力に敬意を表します」

エンヴェルが、この日初めて微笑した。


面談を終え、財務貿易庁のビルを出ると、辺りは薄暗くなっていた。

帰宅する車の列が、五車線の一方通行の通りを市内中心部にあるヒッタイト・モニュメントの方角に流れ、人々がバス停でバス待ちをしている。歩道のスズカケノ並木は青々と葉を茂らせていた。

「ふん、小汚い発展途上国のわりには、生意気な連中だな」

ゴールドスタインが、錆びた鉄製の非常階段が外壁に取り付けられた財務貿易庁の十階建てのビルを見上げ、悪態をついた。

翌週——

「……え、トゥプラシュのシ・ローンのマンデートを住之江銀行に与えた⁉」

オフィスのデスクで受話器を耳にあてた但馬は、思わず大声を出した。

「彼らのプライスが非常にコンペティティヴだった（競争力があった）ので、我々としても選択の余地がなかったのです」

受話器から、エンヴェルの淡々とした声が流れてきていた。

「アンカラまでわざわざ行ったので、マンデートをいただけると思ったんですけどねえ」

思わず恨み言が出る。

「いったいいくらのプライスだったんですか？」

「オールインでＬプラス九〇（ベーシスポイント）です」

「Ｌプラス九〇⁉　本当ですか⁉」

東西銀行・扶桑銀行グループは、Ｌプラス一一〇だったので、到底及ばない。

「ミスター但馬のご尽力には感謝していますが、これだけ違うとどうしようもないのよ」

「それ、フルアンダーライト（全額引受）ですか？」

「もちろん」

「うーん……しかし、どうやってシ団を組成するつもりなんですかねえ？」

「それは住之江銀行の責任です。フルアンダーライトである限り、ボロワー（借入人）が心配する必要のないことですから」

　口調に冷徹な響きがあった。

　電話を終え、上司のバリー・ゴールドスタインに報告すると、大柄な米国人は、革靴をはいた両足をデスクの上に乗せたまま大声を出した。

「何、九〇⁉　奴ら、頭がいかれてるんじゃないか⁉　全額抱え込むつもりか⁉」

「さあ……」

　但馬は首をかしげる。

「トレジャリーもトレジャリーだ！　そんな馬鹿げたプライスでマンデートをくれてやって。シンジケーションに失敗して、マーケットの笑い物になるぞ！」

　そのとき、近くのテレックスが、カタカタカタカタと機械音を発し、入ってきた電文を長い用紙に打ち込み始めた。

　若い英国人女性秘書が立ち上がり、内容を確認に行く。

「ミスター但馬、カラデニツ銀行から七千万ドルのシ・ローンのマンデートが入ってきています！」

「えっ⁉」

　秘書がテレックスをハサミで切って、二人のところに持ってきた。

Ａ４判サイズの紙と同じ幅のテレックスの頭の部分に、日付と「Incoming Call. Msg no：05145」という入電番号があり、左上に、受信者（東西銀行ロンドン支店）と送信者（カラデニツ銀行国際部）のアンサーバック（六〜七桁の数字と七つのアルファベット文字からなる身元証明番号）が打ち込まれていた。

表題は「RE：USDLRS 70 MILL LOAN FACILITY（七千万ドルのローンについて）」。

本文は「今般、貴行に対し、当行のために七千万ドルのシンジケート・ローンを組成するマンデートをここに与えるものです。融資条件は、五月四日付貴テレックスのとおり……」とあり、調印までの簡単なスケジュールが記されていた。

「いきなりマンデートかよ!?」

両足を机の上に乗せたゴールドスタインの顔に、驚きと喜びが入り混じる。

七千万ドルは、トルコの民間銀行向けとしてはかなり大きい。

「まさか、一回の交渉でマンデートが来るとは！」

但馬の顔も上気する。

アンカラの財務貿易庁を訪問した帰路、イスタンブールのカラデニツ銀行を訪問したところ、タバコ以外の輸出品をファイナンスするため七千万ドルをシ・ローンで調達したいといわれ、ロンドンに戻るとただちに国際審査部の承認をとり、ファイナンス案を先方に送った。

期間は一年だが、担保はなく金額も大きいので、先のタバコ・ファイナンスと同様、オールインでLIBORプラス一・六二五パーセントを当初提案した。二日ほど前に電話で一度交渉し、プライスをLIBORプラス一・五五パーセントまで引き下げたが、東西銀行にとって、まだ余裕のあるプライスだった。

但馬は、あと一、二回交渉して、一・三七五パーセントくらいまで引き下げないとマンデートは獲れないかなと考えていた。

（電話で交渉したとき、センチュルクが『ミスター但馬、我々は東西銀行とやりたいんじゃない。あなたとやりたいんだ』といっていたが、本当だったんだなあ……）

カラデニツ銀行は、先のタバコ・ファイナンスで但馬が苦労しながら融資団をまとめ上げたことを高く評価してくれていた。国際部課長センチュルクの「東西銀行ではなく、あなたとやりたいのだ」という言葉は、どんな感謝の言葉より、金融マン冥利に尽きるものだ。

「しかしこれ、調印予定日が六月七日になってるじゃないか」

机の上に両足を乗せたままテレックスを読んでいたゴールドスタインが、眉間に縦皺を寄せた。六月七日まで四週間ほどしかない。

通常は、引受グループ組成に二週間（この間にインフォメモ〈参加に興味を示した銀行に送る英文の冊子〉作成、インビテーション〈参加招聘〉・テレックスの文言の決定）、シンジケーション（融資団組成）に二～三週間（この間、融資契約書準備）、ドキュメンテーション（融資契約書交渉）に二～三週間が必要で、マンデートから調印まで六～八週間かけるのが普通だ。

「しかも、うちのファイナル・テークを四百万ドルまで落とさなきゃならんのだろ？……大丈夫か？」

黒縁眼鏡をかけた目で、但馬を見る。

トルコ向け融資枠が少なくなってきているので、引き受けた七千万ドルのうち、六千六百万ドルを販売するという条件で、国際審査部の承認をもらっていた。

「もう、やるしかないでしょう」

但馬の胸中で、初めて大型マンデートを獲得した興奮と、果たして四週間でクロージング（調印）まで持っていけるだろうかという不安が渦巻いていた。

しかし、ここまできて、やらないという選択肢はない。

「スーザン、ちょっと打ち合わせしよう」

但馬は、自分のデスクと低い衝立《パーティション》を挟んですわっているアシスタントに声をかけた。

米系銀行ロンドン支店のＬＣ（輸出信用状）セクションから転職してきた二十代後半の英国人女性だ。英国中部を代表するノッティンガム大学の出身で、鼻っ柱は強いが、地方出身者らしい生真面目な性格である。

一週間後——

但馬は、デスクにすわった秘書の隣りに立って、カラデニツ銀行向け七千万ドルのシンジケート・ローンを組成するためのインビテーション・テレックスの最終チェックをしていた。

引受グループには、クウェートの大手銀行であるガルフ・バンク、英国四大銀行の一つであるロイズ銀行、上位都銀の芙蓉銀行が入って、各千五百万ドル引き受けることになった（東西銀行は二千五百万ドル引受け）。

〈東西銀行、ガルフ・バンク、ロイズ銀行、芙蓉銀行の四行は、カラデニツ銀行に七千万ドルのシンジケート・ローンの組成を委任され、貴行に対して参加の招聘を致します。融資の主要な条件は、以下のとおりです……〉

という英語の文章で始まる長さ一メートルほどのテレックスには、ローンの総額、融資通貨、資金使途、引出し期間、最低引出し額、金利、返済方法、参加手数料、融資契約書、準拠法、費用負担などの諸条件のほか、借入人（カラデニツ銀行）の概要、参加受諾の回答期限、ブックランナー（販売幹事銀行）の連絡先などが記されている。

「オーケー、じゃあローンチ（組成開始）しよう」

テレックスの最終チェックを終えた但馬が、意を決した表情でいった。

英国人女性秘書がうなずき、パソコンのマウスをクリックする。

その瞬間、世界中の約四百の銀行にテレックスが一斉に送信され、室内後方のテレックス・マシーンが、タタタタタタッと軽快な音を立てて、電文を叩き始める。

（ついに、マーケットに出た……！）

胸中で、興奮と不安と緊張が渦巻く。

もう後戻りはできない。成功すればヒーロー、失敗すれば笑い物だ。

まもなく金融情報端末であるロイターの緑色のスクリーンに、速報が流れた。

〈トルコ・カラデニツ銀行、東西銀行を主幹事に、七千万ドルのシ・ローンの組成を開始。期間一年、金利はＬＩＢＯＲプラス……〉

その直後、週刊金融情報誌であるＩＦＲ（International Financing Review）の記者から、ゴールドスタインに案件の詳細を問い合わせる電話がかかってきた。

但馬は、インビテーション・テレックスが順調に発信されたのを確認し、デスクに戻り、銀行側の法律顧問である英国の弁護士事務所から送られてきた融資契約書の草案に目を通し始めた。

六月七日の調印期限に間に合わせるため、早朝から深夜まで作業をしており、但馬もスーザンも睡眠不足だ。しかし初の大型案件の調印に向け、軽い興奮状態で仕事を続けていた。

三週間後（六月上旬）——

アンカラにある財務貿易庁の会議室に、十五人ほどの人々が集まって、調印式が行われていた。

真鍮製のランプが光を降り注ぐ古色蒼然とした会議室の楕円形のテーブルの中央にバラの花が活けられ、真紅のトルコの小旗と地球を象《かたど》った世界銀行の水色の小旗が飾られていた。

室内はやや薄暗く、近代トルコ建国当時を彷彿とさせる雰囲気が漂っている。

「……世界銀行が、我が国の中小企業と農業セクターを継続的に支援してくれていることに、政府を代表して感謝するものであります」

頬がふっくらした経済担当大臣のウシュン・チェレビがテーブルの中央でスピーチをしていた。

今しがた、世界銀行からトルコに対する総額六億四百五十万ドルのローンが調印されたところだった。そのうち二億四百五十万ドルが中小企業向けローン、一億五千万ドルが農業関連産業向けローン、二億五千万ドルが農業セクター向けローンである。それぞれ期間十七年の超長期で、トルコの外貨繰りを安定させる貴重な融資だった。

「今年九月に、我が国は、一九八二年に繰延べをした債務を完済する予定であります。また、オスマン帝国時代にハイダル・パシャ鉄道を建設するために発行した二〇〇一年満期の債券も、近々全額を繰上げ償還します」

大臣の背後の壁で、スーツにネクタイ姿のアタチュルクの肖像画が、テーブルをぐるりと囲んで着席した人々を見下ろしていた。

「一九七〇年代、トルコでは、外貨を所持することは犯罪でありました。海外駐在のトルコ人外交官は、何ヶ月も給料を受け取ることができず、トルコに到着したタンカーは、代金が銀行口座に振り込まれたことを確認するまで、原油を荷下ろししませんでした……」

ニルギュン・エンヴェルは、世界銀行の幹部や、トレジャリーの上司であるダニシュマン、チャクマコールらと一緒にスピーチを聞いていた。年初から、契約交渉の矢面に立って進めてきた案件が調印され、ほっとした気分だった。世界銀行はトルコにとって貴重な資金提供者だが、官僚的でプライドが高く、対応に苦労させられる。

「我が国の対外債務は、一九八七年末の三百八十三億ドルのピークから、今月末には、三百五十二億五千万ドルまで減少します。これはオザール政権による輸出産業育成策とトレジャリーによる対外債務管理の成果であり……」

ダークスーツ姿の経済担当大臣は、引き続き世界銀行と協力していきたいと述べ、スピーチを締めくくった。

続いて、世界銀行でトルコを担当している部局の局長が簡単なスピーチをし、乾杯の音頭をとった。昼間なので、小ぶりのグラスに一杯だけのワインで乾杯である。

ほっとした空気が流れ、それぞれそばにすわった相手との歓談になった。

「……ニルギュン、トレジャリーの努力は順調に実を結んでいるじゃないか」

隣りにすわった中年男が話しかけてきた。世界銀行でトルコ担当エコノミストをしているギー・ジベールという名のフランス人だった。名門グランゼコール（フランスの高等教育機関）出身であることを鼻にかける、粘着質で嫌味な男である。

「おかげさまで」

エンヴェルは、短く応じた。

「短期の対外債務も八七年末の八十七億ドルから六十五億ドルに減ったし、アメリカでの私募債も成功。期間七年のドイツマルク債（総額四億マルク）の準備も順調だそうで、結構なことだ」

鼻梁が高く、唇が妙に赤いジベールはいった。

米国私募債は、格付け取得の必要がない機関投資家向け債券で、トレジャリーは、昨年、バンカース・トラストを主幹事に一億五千万ドル（期間三年）を発行し、今年に入ってから、

ＪＰモリソン主幹事で二億ドル（期間五年）を発行した。

「ただ、オザールが三月の地方選挙で負けたのを挽回しようとして、公務員給与を倍に引き上げたりしているから、国内債務が増えてきているよなあ。トルコリラのばら撒きで、インフレもまた上がってきているし」

五月末の国内債務は、三十一兆リラで、前年比で七六・四パーセント増加した。

「トレジャリーがいくら外貨建て債務の管理を頑張っても、政治家がトルコリラをばら撒き続けてるんじゃ、笊《ざる》じゃないのかね？　しかも、短期の国内債券まで発行しようっていうんだろう？」

それはトレジャリーの別の部署であるパブリック・ファイナンス（公的資金）局が検討している案件だった。

「そのうち金繰りに困って、満期六時間のＴビル（財務省証券）を発行するなんてことになったりしてな、はっはっは」

女のように細い指でワイングラスを玩《もてあそ》びながら、エンヴェルに遠慮のない嘲笑を浴びせた。

そのとき、会議室のドアが小さくノックされ、小柄なアイドゥン・ユルマズ青年が緊張した面持ちで入室してきた。

「ニルギュン、今、マンハッタン銀行のラッパートさんから電話がありまして……」

ユルマズは、エンヴェルのそばにやってきて小声でいった。

ワグディー・ラッバートは、マンハッタン銀行のロンドン投資銀行部でトルコを担当しているエジプト人だ。

「例の二億ドルのシンジケーションを期日までにクローズできそうにないそうです」

その瞬間、エンヴェルの灰色の瞳がぎらりと光った。


同じ日の夕方——

東西銀行ロンドン支店で、但馬一紀は、アシスタントの英国人女性スーザンと、明日調印予定のローン契約書の草案を前に、打ち合わせをしていた。

カラデニツ銀行向けのシンジケート・ローンは、七千万ドルの募集に対して、幹事四行を含め三十八の銀行から一億ドルを超える参加申込みがあるオーバーサブスクリプション（募集超過）となった。その結果、予定より一千万ドル増やし、総額八千万ドルで調印することになった。当然、東西銀行に入る手数料も増える。

「……それで、あと何行残ってる？」

スーザンのデスクの横に椅子を持ってきてすわった但馬が訊いた。寝不足で、目の周りにくっきりと隈ができ、頭髪に脂気がなかった。

「あと三行です」

長い金髪を後頭部で結んだスーザンがいった。やはり寝不足で顔が赤くほてっている。六月七日の調印に間に合わせるため、但馬もスーザンもここ一週間くらい、毎日睡眠三、四時間の「突貫工事」で仕事を続けている。

二人のデスクの上には、参加予定銀行とのやりとりのファックスやテレックス、融資契約書の草案、参加銀行の詳細を記した表など、夥しい書類が積み上げられていた。

「同意してない三行って、どこどこ？」

「ベルリナー・バンク、バンク・オブ・バーレーン・アンド・クウェート、バンク・オブ・ノバ・スコシアです」

それぞれ、ドイツ、バーレーン、カナダの銀行だ。

融資契約書は英文で約四十ページだが、その一言一句に全参加銀行が同意しなくてはならない。ボロワー（借入人＝カラデニツ銀行）と参加銀行との間に立って合意を取りまとめるのは、エージェント（事務幹事）銀行である東西銀行の役割だ。銀行団の法律顧問を務めるロンドンの法律事務所アレン＆オヴリーと相談しながら、参加銀行側のいい分が正しければ、ボロワーを説得し、いい分がおかしければ、銀行のほうを説得する。

すでに三十五の銀行が融資契約書に同意したが、まだゴネている銀行が三つ残っていた。

調印式は明日の午前十一時から予定されている。英国外の参加銀行の一部は、すでに出席者がロンドンに到着している。遅くとも明日の早朝までに全行の合意を成立させなければ、融資契約書を製冊する時間がない。

「ベルリナー・バンクは、何だって?」

「『インクリースト・コスト（増加費用）』の中に、法律費用を入れてほしいといってきてます」

インクリースト・コストは、融資契約書の中の一項目で、契約が調印されたあとに貸し手の国で法律の改正が行われ、そのためにローンに対する準備金を積み増したりしなくてはならないとき、その費用はボロワーが負担するという条項だ。

「法律費用は駄目だろ?　アレン&オヴリーは、何ていってる?」

「そんなものを入れるのは、マーケット慣行じゃないといってます」

「オーケー。じゃあ、それは断ろう」

スーザンがうなずいて、メモをとる。

「バンク・オブ・バーレーン・アンド・クウェートは?」

「参加銀行はエージェントを通じて、輸出関係書類を閲覧する権限を有するという一文を入れてくれといってきています」

「うーん……」

ローンは基本的にカラデニツ銀行の信用力にもとづいて供与するものだ。したがって、個々の輸出関係書類を見ても、あまり意味はない。その一方で、ローンが国内の輸出業者への転貸に使われなければ、明らかに問題だ。

「どうしたらいいと思う？」

「『ボロワーは、エージェント銀行の求めに応じて、適宜個々の輸出契約に関する情報を開示するものとし、理由なくエージェント銀行の要求を断ることはできない』くらいにしたらどうでしょう？」

但馬は宙を仰いで、しばし考える。

「オーケー。それならカラデニツ銀行も何とか受けられるだろう」

「unreasonably（理由なく）」や「reasonable（穏当な）」は、双方が妥協を図るときに便利な語で、契約書でよく使われる。本件の場合は、カラデニツ銀行側は、理由があれば開示要求を断れると考え、銀行側は、情報を開示しない理由が存在するケースは少ないだろうと考える。

「バンク・オブ・ノバ・スコシアは、流動比率のコベナンツ（縛り）を入れてくれといってきていますけど」

流動比率は、流動資産が流動負債の何倍あるかの比率で、企業（銀行）の支払能力の目安になる。

「それはボロワーが受けないだろうな。過去の契約書でもそんなの入っていないし」

「わたしもそう思います。バンク・オブ・ノバ・スコシアも、駄目もとでいってきていると思いますよ」

「あそこは、最後まで粘るらしいなあ」

バンク・オブ・ノバ・スコシアのロンドン支店のディモックという名の雇われ英国人は、常にトロントの本店を向いて仕事をしており、「こういう条項を交渉で勝ち取った」といいたいがために、土壇場までゴネると評判だ。

「まあ、ただ駄目というのも説得力がないから、トルコの銀行は、各種財務指標にもとづく監督をトルコ中銀から受けており、本件契約書に入れる必要はない、と返答しよう」

スーザンがうなずく。

「ところで、そろそろ時間じゃないか？」

但馬が腕時計に視線を落とした。

カラデニツ銀行の法律顧問の米系法律事務所ホワイト&リードと電話会議をする時刻だった。

二人は、同じフロアーにあるガラス張りの小会議室に移動する。

会議室の窓からは、灰色のキング・ウィリアム通りが見下ろせる。帰宅する人々が、バンク駅のほうに向かって歩いたり、ロンドン・ブリッジ駅方面に向かう赤い二階建てバスに乗ったりしている。道端の新聞スタンドでは、老人の売り子が、コックニーと呼ばれる下町訛りで大声を張り上げ、夕刊紙『イブニング・スタンダード』を売っている。

但馬とスーザンは、テーブルにつき、濃い灰色の会議用電話機「スターフィッシュ」のボタンを押し、ホワイト&リードのイスタンブール事務所に回線をつなげた。

四十分後――

「……No kidding！（冗談じゃない！）ノン・ペイメントのグレース・ピリオド（猶予期間）は二営業日が常識だ！　五営業日なんて、到底受け入れられない！」

縁なし眼鏡をかけた但馬は、憤然と「スターフィッシュ」に怒鳴った。

「ウィ・ドント・ケア・アバウト・ザ・マーケット・プラクティス（我々は、市場の慣行になど関心がない）。関心があるのは、いかにしてカラデニツ銀行の利益を守るかだけだ」

「スターフィッシュ」から棘のあるアメリカ英語がいい返してきた。

葉タバコのファイナンス交渉で但馬を散々苦しめた若い米国人弁護士の声だった。女国際部長アイダ・トクゴズは左遷されたが、この男のほうは、いまだに法律顧問を務めている。

「バット、ザット・ウィル・デストロイ・ザ・シンジケート（しかし、カラデニツ銀行が、五営業日の猶予期間にこだわると、融資団が分解してしまいます）。それは、カラデニツ銀行の利益にならないと思いますけれど」

スーザンが強い口調のクイーンズ・イングリッシュでいった。

「融資団が分解するとかしないとかは、関係ない。自分は法律顧問として、カラデニツ銀行の利益にならない条項を認めることはできない」

相手は妥協の余地のない口調で反論し、但馬とスーザンは不快感も露に顔を見合わせる。

（この野郎は、相変わらずの石頭だな！　顧客の利益を守るといいながら、結局、顧客の利益を損ねてるじゃないか！）

揉めているのは、万一、カラデニツ銀行が元利金等の支払いを遅れた場合（ノン・ペイメント）の猶予期間に関してであった。

東西銀行は、市場慣行である二営業日（すなわち、期日から二営業日以内に支払いをすれば、債務不履行《デフォルト》としない）を主張し、米国人弁護士は、連絡の行き違いなどがあるかもしれないから、五営業日必要であると主張していた。

「スーザン、この男は駄目だ」

但馬が小声でいい、スーザンがうなずく。

米国人弁護士は、個々の輸出契約に関する情報開示についても、東西銀行が提案した「ボロワーは、エージェント銀行の求めに応じ、適宜個々の輸出契約に関する情報を開示するものとし、理由なくエージェント銀行の要求を断ることはできない」という妥協案を、「カラデニツ銀行の利益にならない」として、一蹴していた。

但馬は、再びテーブルの上に屈み込む。

「調印式が、もうあと十六時間後に迫っていますが、あなたは、これら二つの条項を認めないということですね？」

三本足の「スターフィッシュ」に向かっていった。

「そのとおりだ。我々は、法律顧問として、顧客のベスト・インタレスト（最上の利益）を確保する義務を負っている」

決裂不可避と見てとった但馬は、「では、話し合いはこれまでだ」と宣言し、「スターフィッシュ」のスイッチを切った。

「ミスター但馬、どうします？」

スーザンが、不安そうな表情で訊いた。

「こうなったら、カラデニツ銀行と直談判するしかないだろう」

腕時計を見ると、時刻は午後七時を回ったところだった。

「チェティナーさんたちは、もうホテルにチェックインしているはずだ」

国際部長のアティラ・チェティナーは、調印式に出席するため、頭取、副頭取と一緒に、午後の便でイスタンブールからロンドンにやってきている。

但馬は、ただちに宿泊先のホテルに電話を入れた。しかし、三人は、夕食に外出中で、場所はナイツブリッジのイタリアン・レストランだという。

「スーザン、俺、これからレストランに行って、チェティナーさんと話してくるよ。四、五十分後には、電話で結果を知らせる」

「わかりました」

但馬は、融資契約書の草案を鞄の中に放り込み、オフィスを飛び出した。

「クッドュー・ゴー・トゥ・ナイツブリッジ？　ナイツブリッジ・グリーン」

キング・ウィリアム通りでタクシーを拾った但馬は、イタリアン・レストランの住所を告げた。

黒いカブトムシのようなキャブは、夕方のロンドンの街を、西の方角に向けて走り出す。

夏至まであと三週間ほどの街は、まだ真昼のように明るく、青い空に刷毛で掃いたような白い筋雲が浮かんでいた。

タクシーはバンク駅の手前で左折し、クイーン・ビクトリア通りに入り、テームズ川のほうへと下って行く。やがてセント・ポール寺院の灰色の大伽藍が右手に見え、いったん上った高架道を下ると、視界いっぱいに灰青色に波打つテームズの流れが飛び込んできた。遊覧船や艀《はしけ》が行き交い、対岸のサザーク地区に古い倉庫やマンションが建ち並んでいる。

（チェティナーさんたちは、どの程度、ドキュメンテーションの権限をホワイト&リードに委ねているんだろう……？）

スズカケノ並木が続く川沿いの道を走る車の中で、但馬は重苦しい気分だった。

（ホワイト&リードを全面的に信頼していて、彼らが認めなければ、融資契約書にサインしないなどといわれたら最悪だ……）

一重まぶたの両目にくっきりと隈取りができ、頬骨が少し張った面長の顔が青ざめていた。

タクシーはウォータールー橋の下を通過したところで右折して川べりを離れ、トラファルガー広場に出る。ネルソン提督の塔の前で左折し、ゆるやかに湾曲した独特の建築物アドミラルティ・アーチを潜り、バッキンガム宮殿に続く「ザ・モール」に入る。英国王家の式典や、外国元首を迎えたりするのに使われる長さ九八七メートルの直線道路だ。

宮殿前に達したところで右に進路をとると、ハイドパークが現れる。緑溢れる公園内のべンチで人々がお喋りをしたり、散歩をしたりしている。その先が、上流の香りを漂わせるブティック、靴・鞄店、レストラン、ホテルなどが軒を連ねる繁華街ナイツブリッジだ。

カラデニツ銀行の一行が夕食をとっているイタリアン・レストランは、ハイドパークのすぐ南側のナイツブリッジ・グリーン十四番地にある「シニョール・サッシ」だった。

人目を引くピーコック・グリーンの壁のドアを開けて中に入ると、白いクロスのかかったテーブルが柱の間に並び、賑やかな話し声や食器の触れ合う音が押し寄せてくる。煌びやかな照明の中、サッカーのペレやオペラ歌手のパバロッティ、映画監督のスピルバーグなど著名人の写真が壁にずらりと飾られ、ナイツブリッジらしい華やぎが店内に満ちていた。

カラデニツ銀行の三人は、スーツ姿で楽しげに食事をしていた。各人の前に、店の名物であるロブスター・パスタの皿が置かれていた。

血相を変えて入って来た但馬に気づくと、チェティナーが目を見開いて立ち上がった。

「ミスター但馬、いったいどうしたのですか⁉」

口髭をたくわえた肉付きのよい顔に、微笑と驚きが入り混じっていた。

但馬はテーブルについたままの頭取と副頭取に挨拶の握手をし、チェティナーを出入り口に近いクロークのそばにいざなって、立ったまま事情を説明した。

「……わかりました、ミスター但馬」

チェティナーは、肉付きのよい顔に微笑を浮かべた。

「法律事務所は、我々の意思決定をサポートするのが役目であって、我々に命令する存在ではありません。その二ヶ所の文言は、今、ミスター但馬がご説明してくれたとおりで結構です。それで進めてください」

「そうですか。有難うございます」

但馬は心底ほっとする。

カラデニツ銀行は、法律事務所の使い方をちゃんとわかっていた。

「もし、よろしかったら、ご一緒に夕食をしていきませんか？」

チェティナーは、トルコ人らしいホスピタリティを示した。

「有難うございます。けれども、まだ明日の準備がありますから、今日のところは、これで失礼します。頭取と副頭取によろしくお伝えください」


オフィスに戻ったとき、時刻は午後八時半を過ぎていた。

国際金融課で仕事をしているのは、スーザンだけだった。寝不足で身体が火照《ほて》るため、靴を脱いで裸足でオフィスの中を歩き回り、コピーをとったり、参加銀行や法律事務所アレン&オヴリーにファックスを流したりしていた。

彼女のデスクの上には、八千万ドルのシ・ローンの関係書類や、カラデニツ銀行への贈り物にする王室御用達の銀製品店マッピン・アンド・ウェッブの紺色の包み紙の箱、ボールペン、電卓などが所狭しと散乱し、贈答品メーカーの研究室か何かのようだ。

「ミスター但馬、ベルリナー・バンクとバンク・オブ・ノバ・スコシア、オーケーだそうです」

白いブラウスに長めの黒いスカートという田舎の女子高生風の服装のスーザンは、戻って来た但馬の顔を見るといった。よい知らせを伝える表情は誇らしげで明るい。

「ああ、そう！　オッケー。じゃあ、あとは、バンク・オブ・バーレーン・アンド・クウェートのみか」

ペルシャ湾に浮かぶ島国バーレーンは、時差が三時間先なのですでに真夜中近い。

「明日の朝一番で、先方に電話して、オーケーをもらうようにします」

スーザンの言葉に、但馬はうなずいた。

その晩、但馬とスーザンは、真夜中まで仕事をして、それぞれタクシーで自宅に帰った。

タクシーが家に着いたとき、但馬はリアシートですっかり眠りこけていた。

翌日——

カラデニツ銀行の三人は、午前十時過ぎに、東西銀行のオフィスに到着した。

頭取は、四十代後半の目がぎょろりとした男性で、カイゼル髭のような口髭を黒々とたくわえていた。副頭取は四十代前半の細面の男性で、ハーバード大学の上級管理者コース（EMBA）を修了している。

三人は、支店長の倉橋、副支店長の古沢、国際金融担当次長のゴールドスタインと応接室でしばらく話をしたあと、調印式会場の大会議室に入り、コーヒーを飲みながら、各参加銀行の出席者たちと歓談した。

矩形の大会議室には、長テーブルが口の字形に配置され、四十人あまりの出席者のために、調印用のデスクマット、引き出物のボールペンがずらりと並べられていた。ウォーターマンのシルバーのボールペンには「Karadeniz Bankasi US$80 Million Loan」と彫り込まれている。金融街のシティでは、調印式の引き出物にペンが使われることが多く、バンク・オブ・イングランドがあるスレッド・ニードル通りにペン専門の老舗があり、クシュカーリーというイタリア系かエジプト系と思しい年輩の女主人がてきぱきと注文を捌いている。

午前十一時過ぎから、但馬の司会で調印式が始まった。

最初に、参加銀行三十八行とカラデニツ銀行用に用意された三十九部の融資契約書を、出席者たちがバケツリレーのように手渡ししながらサインする。

続いて、カラデニツ銀行の頭取、倉橋ロンドン支店長が挨拶をし、ゴールドスタインの音頭で、シャンペンで乾杯をした。四十数人が立ち上がって乾杯をする様は壮観で、案件の成功を象徴していた。その後、ロンドン市内の日本料理店から取り寄せた漆塗りの箱の日本食弁当と、トルコ産のワインのボトルが運び込まれ、昼食となった。出席者たちは日本食弁当を喜んで食べたが、何人かは高野豆腐を「これはスポンジだ」と眉をひそめて食べなかった。刺身に添えられたわさびを、すりつぶした豆か何かだと思って一口食べて、目に涙を浮かべた若い英国人バンカーもいた。

但馬らが調印式の出席者たちを見送って、国際金融課のオフィスに戻ったとき、時刻は、午後二時半になっていた。

但馬は眠気をこらえながら、国際審査部あての最終配分（どの銀行がいくらの参加をしたか）の報告書を書き、スーザンは融資管理課に渡す書類一式を点検して厚紙のフォルダーに入れ、金利決定方法の詳細などを記したメモを秘書の女性にタイプさせている。スーザンも寝不足と昼食のワインで、少しふらついていたが、大きな案件を成功裏にやり遂げた充実感で、表情は生き生きとしていた。

「ヘイ、カズ！　ルッカッ・ディス！　（これ、見てみろ！）」

但馬が自分のデスクで、眠気と戦いながら報告書を書いていると、革靴の両足をデスクの上に乗せたゴールドスタインが、自分のデスクの上のロイターの端末を示して叫んだ。

「トルコのトレジャリーが、マンハッタン銀行のマンデートを剥奪したぞ！」

「えっ、マンデート剥奪⁉」

眠気が吹き飛んだ但馬は、足早にゴールドスタインのデスクに歩み寄った。

パソコンより一回り小さいロイターの緑色のスクリーンを見ると、「Turkey cancels Manhattan Bank's mandate, 200 MLN DLR loan」というタイトルが表示され、その下に英語の記事が出ていた。


〈イスタンブール、ロイター　トルコ財務貿易庁のニルギュン・エンヴェル資本市場課長は、先月、マンハッタン銀行に与えた二億ドルのシンジケート・ローン（期間三年）のマンデートを取り消すと発表した。期日までにマンハッタン銀行が、融資団を組成できなかったためである。エンヴェル課長は『マンハッタン銀行は、ケーキの上のクリームがほしかっただけ。彼らは利益を独り占めしようと、引受グループを作らなかった。また、参加を申し出た英仏日の七つの銀行に対し、非常に低い手数料しか払わないといって、シ団組成に失敗した。我々は（誇り高い）トルコ政府であり、いつまでもマーケットで我々のローンが売り歩かれるのを好まない』と述べた。トルコ政府が資金調達源の多様化と長期安定資金の取り入れに注力している現状からいって、今、期間三年の資金を調達する必要はないのでは、という問いに対して同課長は、『多様な調達源からなるべく長期の資金を取り入れる方針に変わりはないが、必要に応じて短期の資金を取り入れることを妨げるものではない。案件によっては、一〜三年でコストの低い資金が向いているものもある』と述べた。〉

記事を一読し、但馬はうなった。

マンデート剝奪などという物騒な話は、ほとんど聞いたことがない。

「天下のマンハッタン銀行を相手に大立ち回りを演じるとは、あのエンヴェルっていう女も、相当な豪傑だな」

ゴールドスタインが愉快そうに笑った。

第三章　青い潮流

1

八月——

但馬一紀は、ボスポラス海峡を渡るフェリーのデッキの木製のベンチにすわり、風景を眺めていた。冬には茶色がかっていた潮流は、トプカプ宮殿の短剣のエメラルドを思わせるコバルトブルーで、遠くのほうは目を染めてしまいそうな鮮やかな青色である。

海峡は、一番狭いところで幅七〇〇メートル。常に黒海方面から地中海方面に五ノット（秒速約二・六メートル）で流れている。水の上層と下層で流れの向きが変わっている場所があるので、航行するためには、正確な気象情報の把握が不可欠だ。

進行方向左手の黒海方面に、二本の大きな支柱に支えられたボスポラス大橋が雄大な姿を見せており、橋の上を無数の自動車が行き交っていた。右手に視線を転じると、トプカプ宮殿の尖塔やアヤ・ソフィア寺院のドームが聳えるヨーロッパ側旧市街が、灰色のシルエットになって海峡の上に延びている。

赤に三日月と星の国旗を船尾に立てた三層建ての白いフェリーは、香港のスターフェリーのような市民の通勤の足である。煙突から黒い煙を吐き出しながら、ヨーロッパ側新市街のカラキョイ、カバタシュ、ベシクタシュ、オルタキョイ、ヨーロッパ側旧市街のエミノニュ、アジア側のウシュクダル、クズグンジュクなどの船着場を結んでいる。朝はアジア側の住宅地からヨーロッパ側のビジネス街へ、夕方は逆方向の乗客が多い。今は、八月の観光シーズンなので、カメラやガイドブックを手にした欧米人や日本人観光客がちらほらいる。

真夏の太陽が上空からじりじりと照りつけていたが、デッキを吹き抜ける風は涼しい。ザーン、ザーンという波音を立てながらフェリーは進み続ける。

昨日、但馬は、アンカラの財務貿易庁を訪問したが、ニルギュン・エンヴェルは不在だった。上司である対外経済関係局次長のセラハッティン・チャクマコールに事情を訊くと、母親が急死し、葬儀に出席するため、イスタンブールに行ったという。

但馬は、お悔やみを述べるため、急遽イスタンブールにやって来た。

木々の緑と民家のオレンジ色の屋根で埋め尽くされたアジア側の丘陵が徐々に近づいてきて、間もなくフェリーはウシュクダルの船着場に到着した。

書類鞄を提げた但馬が乗客たちと一緒に下船すると、船着場には、乗船券売り場のほか、シミット（茶色い丸パン）の屋台、花売り、新聞売り、ミディエドルマス（ピラフを詰めたムール貝）売り、靴磨きなどがいて賑やかだった。シミットの屋台の男は「チュトゥル（パリパリですよ）、チュトゥル。チュトゥル、チュトゥル」と声を張り上げていた。

付近はモスクや木造建築が多く、オスマン朝時代の面影を留めている。

葬儀がとり行われているイェニ・ヴァリデ・モスク（Yeni Valide Camii）は、船着場から歩いて三、四分の場所にあった。苔むした石の塀の内側に入ると、祈りの前に手足を清めるための蛇口が三十ほど並んだ手洗い場があり、その左手にドームと二本の尖塔を持つ古いモスクが、スズカケノ大木に囲まれて建っていた。オスマン朝のスルタンだったムスタファ二世とアハメット三世の母親であるギュルニュシュ皇太后によって一七一〇年に創建されたモスクである。

建物の裏のほうから、祈りの声が聞こえていた。イスラム教では一日五回の礼拝があり、エンヴェルの母親の葬儀は、昼の礼拝の時間に合わせてとり行われている。

裏手に回ると、寺院の建物と敷地を囲む塀の間の縦数十メートル、横六、七メートルの石畳の場所に、二百人くらいの人々が詰めかけていた。

（凄い人だな！　トルコの葬儀って、こんなに人が集まるものなのか……？）

人だかりの前方にイスラムの色である緑色の布をかけた棺が、サウジアラビアのメッカの方角を向いた石の台の上に置かれ、その前で、ホジャ（イスラム僧）が祈りの言葉を唱えていた。

「……スブハーナカッ、ラー・フンマ・ワ・ビハムディカ・ワ・タバーラカ・スムカ・ワ・タアーラー・ジャットゥカ・ワ・ラー・イラーハ・ガイルカ（……アラーの神よ、あなたを賛美し、敬いたてまつる。祝福はあなたの御名であり、あなたは高貴の極みであられる。あなたのほかに礼拝に値するものはありません）」

人々は祈りに合わせ、両手を耳の高さまで上げ、次いで、臍の高さで組む。

僧のすぐ後ろに男たちが並び、女は十列くらい後ろに固まっていた。男はスーツ姿、女は全員スカーフを頭にかぶっている。

但馬は、半袖姿はまずいと思い、手にかかえていたスーツの上着に袖を通す。イスラム社会（特に正式な場所）では、男といえど肌を出すのは礼を失している。

ニルギュン・エンヴェルは、女たちの中に混じっていた。普段の西洋風の服装とは打って変わって、灰色のスカーフを頭にかぶり、足首まである黒っぽいコートを着て、完全にイスラムの女になっていた。手に、ブレスレットくらいの大きさの数珠を握っていた。

「エンヴェルさん、但馬です」

但馬は遠慮がちに話しかけた。

「ミスター但馬！　どうしてここがわかったの!?」

エンヴェルは目を真っ赤に泣き腫らしていた。「鉄の女」の泣き顔に、但馬は軽い驚きを覚えた。

「このたびは、ご愁傷さまです」

「わざわざ来てくれて、有難う。母もきっと喜ぶと思います」

ローマ人を思わせる切れ長の両目に、新たな涙が滲んだ。

「本当にこのたびは、どうも。何と申し上げていいか……」

なかなか気のきいた言葉が出ず、但馬は、もどかしかった。

いつも寺院の境内にいるらしい三毛猫が足元にまとわりつき、頭上で一羽のカラスがカアー、カアーと鳴いていた。

「……アッラー・フンマ・マン・アフタイヤフ・ミンナー・ファイワイヒ・アラル・イスラーム、ワ・マン・タワッファイタフ・ミンナー・ファタワッファーフ・アラル・イーマーン（アラーの神よ、あなたが生を授けた者がイスラムの教えにのっとって生き、あなたが死を与えた者が、信仰を抱いたまま死ぬよう、ご配慮くださいますよう）」

昼下がりの青空の下で人々が、ホジャの祈りに合わせて一斉に右や左を向いて、「アッサラーム・アライクム・ワ・ラフマトッラー（あなたの上に平安とアラーの慈悲がありますように）」と唱えるのが、どこかこの世のものではないような不思議な感じである。

やがて葬儀は終わり、墓地へ行くために、十人ほどの男たちが、棺を肩に担ぎ上げた。イスラム教では火葬が禁じられ、死者は速やかに土葬されなくてはならない。

棺は男たちの手によってモスクの外の道路で待っていた霊柩車に積み込まれた。日本のように屋根はついておらず、棺を格納できるように後部が膨らんだ黒塗りの車だった。

「ミスター但馬、有難う」

エンヴェルは精一杯の微笑を見せ、親族用の車に乗り込んだ。

その姿は、国際金融市場で外国人バンカーたちを相手に激しい交渉を繰り広げる女性官僚ではなく、イスラム社会で生きる一人の女性だった。

民家や小さな商店が建ち並ぶ乾いた道の向こうに遠ざかっていく車の列を見送りながら、但馬は、初めてニルギュン・エンヴェルの素顔を見たような気がした。


二日後――

但馬は、黒海沿岸の街トラブゾンを訪れた。

イスタンブールから飛行機で一時間五十分かかるトラブゾンは人口約三十万人。紀元前七世紀にギリシャ人によって交易都市として建設され、やがてローマの支配下に入った町である。オスマン・トルコに征服されたのは、コンスタンティノープルが陥落した八年後の一四六一年のことだ。

市内にはローマの城壁や、ビザンティン時代の教会が数多く残っている。トルコの東の国境に近く、ロシアとフェリーで結ばれ、グルジアやアゼルバイジャン行きの直行バスが出ている。ロシア人のバザールがあり、独特の混沌とした雰囲気が漂っている。

但馬は、市内東寄りのアタチュルク広場に面したウスタ・ホテルの屋上で、涼しい朝の風に吹かれていた。

眼下に、黒海に沿って弓形に舗装道路が延び、かなりの数の車が走っている。海岸通り沿いの狭い土地に街が広がり、すぐ背後に鬱蒼《うっそう》とした緑の山が迫っている。雨が多く森林資源が豊富なため木造家屋が多い。二〇〇メートルほど先の眼下に広がる黒海は、灰色に凪《な》いでいた。

「よう、早いな」

背後から声がして、ポロシャツ姿の冬木秀作が近づいて来た。

冬木は五ヶ月ほど前に、日和証券の英国現地法人である日和ヨーロッパのコーポレート・ファイナンス（企業金融）部長として赴任してきていた。

「ここは、イスタンブールやアンカラとは、ずいぶん違った雰囲気の街だなあ。夏だってのに、結構寒いし」

但馬のかたわらに来てタバコに火を点《つ》け、景色を眺める。こけた頬の濃い目の顎鬚が無精ひげ風である。

「最果ての町って感じですよね。……朝食はもう済まされましたか？」

ワイシャツに青いネクタイを締めた但馬が訊いた。

「さっき部屋で食ったよ。あれ、結構美味いな」

シミットと呼ばれる茶色い丸パン、オリーブ、フェタチーズ、ハム、ヨーグルト、コーヒーという典型的なトルコ式朝食だった。

「カラデニツ銀行のエリア・マネージャー（支配人）は、九時に迎えに来るんだっけな？」

「そうです。今日は、ギレスン経由でオルドゥまで行きます」

但馬の言葉に、冬木はうなずく。

先日、久しぶりで会おうと冬木から電話があり、但馬が、ヘーゼルナッツ輸出用のファイナンスを検討するため、近々、黒海地方に出張に行くと伝えたところ、休暇をとってついてきたのだった。三十八歳の冬木は大日本製鉄を退職した直後に離婚し、今は身軽な独り者である。

午前九時にホテルをチェックアウトして待っていると、カラデニツ銀行の黒海地区エリア・マネージャーが車で迎えに来た。白髪混じりの頭髪を銀行員らしく七・三に分けた真面目そうな五十歳くらいの男性だった。

黒いベンツは但馬と冬木を乗せ、黒海に沿って西の方角に走り出した。

「黒海ってのは、あんまりきれいな海じゃないんだなあ」

冬木が景色を眺めながらいった。

海は淀んだような灰色に凪いでおり、岸辺に白い波となって打ち寄せている。

「ソ連やルーマニアやブルガリアが沿岸国ですからね。経済危機で環境保護どころじゃなくて、河川にどんどん有害物質を投棄して、それが黒海に流れ込んできているそうです」

汚染で漁業資源は大きな打撃を受け、トルコ側の沿岸では海水浴すらできなくなった。

トラブゾンからギレスンまでは一二八キロメートル、ギレスンからオルドゥまでは五三キロメートルである。

前方に灰色の低い山並みが幾重にも連なり、左手に海岸に沿った家々、尖塔のあるモスク、林や丘陵地帯、右手に荒涼とした灰色の黒海という風景の中を、黒いベンツは走り続ける。すれ違う車は、トラックやタンクローリーが多い。

途中、黒海の潮風の中で一度休憩をしたあと、ギレスン市にあるトルコ屈指のヘーゼルナッツ輸出業者、バシュカン・ギダ社の工場を見学した。バシュカンは経営者一族の姓、ギダはトルコ語で食品を意味する。

コンクリート造りの大きな工場は、香ばしいヘーゼルナッツの香りで満ちていた。一行は、空気圧でヘーゼルナッツの皮を剝く機械、頭にスカーフをかぶり、コートのような作業服を着た女性たちがヘーゼルナッツを選別する様子、人の背の高さほどの銀色のロースターが金網の上の豆を煎る様子、天井に据え付けられた大きな漏斗《ろうと》型の出口から落ちてくる煎ったヘーゼルナッツを麻の袋に詰める作業、ケーキやパンに塗るためにペースト状にしたヘーゼルナッツなどを見て歩いた。

ギレスンからオルドゥに行く途中では、海岸付近の山裾に広がるヘーゼルナッツの林を見学した。この付近のヘーゼルナッツは「ギレスン・クオリティ」という最高級品で、脂肪分が多く、引き締まって香りがよい。木々は高さ二～三メートルで、丸くて濃い緑色の葉を豊かに茂らせている。収穫直前のヘーゼルナッツは茶色い皺のある殻におおわれ、緑色の大きなヘタが付いている。

オルドゥ市に到着したのは夕方だった。

夕食のために、海辺の高級レストランが予約されており、カラデニツ銀行の黒海地区エリア・マネージャー夫妻、同トラブゾン支店長夫妻、ヘーゼルナッツ輸出業者が同席した。

メインの料理は大きな鱸《すずき》の塩釜焼きで、主賓の但馬は、鑿《のみ》と木槌で塩釜を割る役割を与えられた。

暮れなずむ黒海の風景と波音の中で、食事は和やかに進んだ。

「……しかし、トルコの人たちっていうのは、つくづくホスピタリティに溢れているよなあ」

夕食後のブランデーを飲みながら、冬木がいった。

レストラン内では、バイオリンや、胴が丸く膨らんだマンドリンのような「ウード」という弦楽器による、トルコの古い民謡が演奏されている。

「しかも親日的ですから、本当に有難いですよ」

ブランデーのグラスを手にした但馬がいった。

すでに陽はとっぷりと暮れ、窓の外に広がる黒海は、その名のとおり黒一色である。テーブルの上で蠟燭《ろうそく》の炎が揺れ、カラデニツ銀行のエリア・マネージャー夫妻らは、うっとりとした表情でトルコの民謡に聴き入っている。演奏者は地元の中高年男性たちだ。

「オザール首相はトルコ航空の救援機を飛ばして、イランの日本人を救ってくれたしなあ」

一九八五年三月に、イラクがイランへの空爆開始を宣言したとき、日本政府や日本航空が手続きの問題や労組の反対で救援機を派遣できず、二百人余りの日本人がイランに取り残された。このときオザール首相の決断で、トルコ航空二機がテヘランに向かい、二百十五人の日本人を乗せて、空爆開始直前にイランを脱出した。

「ただ、トルコは対外債務が多いですし、インフレも激しい国ですから、どんどん融資するっていうわけにはいかないんですよね。精神的には親しくても、実態的には『ヒット・アンド・アウェー』ですよ、残念ながら」

「まあ、しゃあねえよな」

哲学者か新聞記者のような風貌の冬木は、少し猫背になってタバコをふかす。

「ところで、イスタンブールは今回どんな仕事で行ったんだ？」

「仕事というより、トレジャリーのエンヴェルさんのお母さんが亡くなったので、お悔やみをいいに葬式に行ったんです」

「ああ、あの資本市場課長の」

「はい」

「しかし、あのエンヴェルっていうのは、とんでもない名家の出だな」

「え、とんでもない名家？」

今まで、何度もエンヴェルに会ったが、毎回真剣勝負のような雰囲気で、仕事以外の話などとてもできなかった。他行のバンカーたちも同様らしく、仕事がらみ以外でエンヴェルの話が出ることはほとんどない。

「俺はこないだ初めて会ったんだが、会う前に素性を調べてみたんだ」

冬木は自他共に認める情報屋で、どんなことでも徹底的に情報収集してから行動を起こす。

「ニルギュン・エンヴェルは、サドリ・マクスーディー・アーサルの孫娘だ」

「サドリ・マクスーディー・アーサル？」

「ケマル・アタチュルクの右腕とまではいかないが、アタチュルクと共に、近代トルコの建国に携わった人々の一人だ」

サドリ・マクスーディー・アーサルは、一八七八年に帝政ロシア時代のカザン（タタールスタン共和国の首都）近郊で、トルコ系イスラム僧の息子として生まれた。モスク付属のイスラム神学校とカザンの教育大学で学んだ後、パリで法律を学び、一九〇六年にロシアに戻り、帝政ロシアの下院議員に当選。カザフスタンに近いオレンブルグの金鉱山主の娘と結婚した。

一九一七年にロシア革命が起こると、アーサルはトルコ系住民のための憲法を起草し、ウファを首府とするトルコ系住民自治政府の大統領に選出された。しかし、翌年、ソ連政府によって自治政府が否定されたため、家族と共にパリに亡命し、ソルボンヌ大学でトルコ人の歴史について教鞭を執った。

トルコ共和国が建国された翌々年の一九二五年に、ケマル・アタチュルクの要請に応え、アーサルはトルコに移り住んだ。国語改革や歴史教育などの分野で指導的役割を果たし、アンカラ大学法学部を創設し、イスタンブール大学で教鞭を執り、国の法体系の発展に多大な貢献をした。また、一九三一〜一九三九年、一九五〇〜一九五四年と、二度にわたって国会議員を務めた。

「そのアーサルの娘が、ニルギュン・エンヴェルの母親だ」

「それでタタールの血が入っていると……」

但馬は以前、エンヴェルの瞳が灰色なのは、タタールの血が入っているからだと誰かから聞いたことがあった。

「ニルギュン・エンヴェルの母親も、かなりの有名人らしい」

エンヴェルの母親は、サドリ・マクスーディー・アーサルが帝政ロシアの下院議員として首都のサンクト・ペテルブルグにいた一九一二年に生まれた。イスタンブールとパリで教育を受けたあと、父親が教鞭を執っていたアンカラ大学法学部で学んだ。その後、トルコ初の女性職業外交官になり、ローマのトルコ大使館に勤務していたとき、エトルリア学（ローマ帝政末期に衰退した先住民族エトルリア人に関する学問）に興味を持ち、著名なエトルリア学者となった。また、強烈なケマリスト（アタチュルク主義者）で、国会議員も務めた。二度の結婚歴があり、最初の夫は物理学者、ニルギュン・エンヴェルの父親である二人目の夫は、オスマン皇帝家の子孫で、米国で教育を受けた機械エンジニアである。エンヴェルの父親のほうは、三年前に亡くなっている。

（両親が二人とも亡くなったわけか……）

泣き腫らしたエンヴェルの顔が思い浮かんだ。会葬者が多かったのは、故人の名声によるところもあるのだろう。

「ニルギュン・エンヴェル自身は、イスタンブール大学の経済学部とロンドン・スクール・オブ・エコノミクスの大学院を卒業している。今のポジションに就く直前は、外務省に出向して、ロンドンのトルコ大使館で経済担当参事官を務めていた。イタリア語に堪能なのは、母親がローマの大使館にいたとき、一緒にいたからだ」

イスタンブール大学は、コンスタンティノープルを攻め落としたメフメト二世が創設したイスラム神学校に源を発するトルコ最古で最高峰の名門大学だ。

「それから、エンヴェルには、妹が一人いる」

冬木がいった。

「妹のほうは、イスタンブールのロバート・カレッジとアンカラの中東工科大学で英語や言語学を勉強した学者で、ジャーナリストを経て、今は、中東工科大学で教えている」

ロバート・カレッジは、オスマン朝時代の一八六三年に創設された名門アメリカン・スクールで、トルコの政・財・官・学界に数多くの人材を輩出している。

「要は、アタチュルク精神を脈々と受け継いでいる超インテリの家系だ」

冬木の言葉に、但馬はうなずいた。ニルギュン・エンヴェルが、国家を背負って立つ対外債務管理の仕事に就いているのも、血のなせる業かもしれない。

真っ暗になった黒海のほうから、打ち寄せる波の音が静かに響き、レストランの中では弦楽器による哀調を帯びたトルコの古い民謡の演奏が続いていた。

2

十月——

アンカラは爽やかな秋を迎えていた。

木々の葉は色づき始め、乾いた涼しい風が心地よい。夏の間閉じていた魚屋の店頭には、「ハムシ」と呼ばれるカタクチイワシや「パラムト」という青黒い筋の入ったカツオが並び、八百屋には、真っ赤な「ビベール」という唐辛子や、栗、ヘーゼルナッツなど秋の果物が並んでいる。アンカラから車で数時間の奇岩の地カッパドキア（ユネスコ世界遺産）を訪れる外国人観光客の数も増えてきていた。

ミトハト・パシャ通り十八番地に建つトルコ共和国財務貿易庁対外経済関係局長室のソフ

アーで、局次長のセラハッティン・チャクマコールが憤りをぶちまけていた。

「……まったく、あの馬鹿は、発電所だとか道路だとかを造ることしか考えてねえ！　あいつのどこが国会議員だ⁉」

アーチ型の眉の色白の顔が怒りで紅潮していた。

つい先ほど、建設会社の社長でもあるアンカラ市選出の国会議員が、トルコ東部の大型発電所のBOTプロジェクトをやりたいから、融資にトレジャリーの保証を付けろと電話でねじ込んできたのだった。

「セラハッティン、まあ落ち着け。コーヒーでも飲め」

額が後退した太り肉の局長、ムスタファ・ダニシュマンが、小ぶりのカップに入ったトルコ・コーヒーを勧める。

「で、あんた、何て答えたんだ？　まさか前向きに検討しますなんていったんじゃないだろうな？」

ダニシュマンは、一歳年長のチャクマコールに訊いた。

「アホか！　俺がそんなことというわけないだろ！　『そんなプロジェクトは当初の計画にも入ってないし、予算もないから、保証なんて付けられるわけないだろ！』といって電話を叩っ切ってやったさ」

チャクマコールは、憤懣やるかたないといった表情で、コーヒーをすする。

「まったく発電のBOTには参るよな」

海坊主のようなダニシュマンは、やれやれといった表情。

「毎年のトレジャリーの負担も相当なもんだ。もうこれ以上、電気は要らんよ」

BOTは、民間企業が発電所などの施設を建設（Build）し、二十年前後の期間、操業（Operate）して費用と利益を回収したあと、政府や地元自治体に施設を引き渡す（Transfer）インフラ建設の手法で、トゥルグト・オザール大統領が考案したものだ。

トルコは電力不足だったこともあり、国家計画庁は、申請があったプロジェクトの全部は成立しないだろうと思って、次々と承認した。ところが、それらのほとんどが建設されたため、過剰な電力が産み出されることになった。その上、発電所から電力を購入する国家電力公社が実質的に破産状態に陥ったので、トレジャリーが穴埋めをしている。

「世界の電力価格は普通一キロワットアワーあたり四〜五セントだろ？　それなのに、プロジェクトを成立させるために、十一セントの価格でやったりしてるのがあるんだから、こりゃもう、国家財産毀損罪だよな」

国家財産毀損罪は、トルコにおいては重大な犯罪である。

開け放たれた局長室のドアがノックされた。

二人が視線をやると、ニルギュン・エンヴェルが顔を出していた。

茶色い頭髪を金色に染め、ローマ人のような切れ長の目で、耳に銀色のイヤリングを着けていた。

「ちょっといいかしら？」

ダニシュマンがうなずいて、ソファーを勧めた。

「今、中銀から電話があったんだけど、サラチョール（中銀総裁）のところにスタンダード&プアーズから連絡があって、トルコを格付けするから資料を出してくれといってきたそうよ」

スタンダード&プアーズは、ムーディーズと並ぶ世界の二大格付会社の一つだ。

「本当か⁉　ついに来たのか⁉」

ダニシュマンとチャクマコールの顔に緊張が走る。

「それで、中銀は、何だっていってきたんだ？」

「格付会社なんて、今まで会ったこともないから、トレジャリーのほうで対応してほしいそうよ」

「俺たちだって、会ったことないけどなあ」

チャクマコールが混ぜっ返す。

「いつ頃格付けを付けるつもりなんだ？」

ダニシュマンが訊いた。

「早くて一年後くらいらしいわ」

「そうか。うーん……」

太り肉の身体を洗い立ての真っ白なワイシャツに包んだダニシュマンが、腕組みをする。

万が一投資不適格（トリプルB未満）にされると、資金調達に大きな影響が出る。

「逃げるわけには、いかんのだよなあ……」

「ピーターに聞いたけど、S&Pもムーディーズも『勝手格付け』をやっているから、好むと好まざるとにかかわらず、格付けは避けられないそうよ」

ピーター・フィッシャーは、JPモリソンのロンドン現地法人でトルコを担当している米国人である。「勝手格付け」は、格付けされる側の依頼なしで行われる格付けのことで、ソブリン（政府）格付けの多くがこれである。

「しかしニルギュン、どうやって対応すればいい？」

「こんなのがあるわ」

エンヴェルが手にしていたA４判サイズのプレゼンテーション資料を差し出した。

表紙に英語で「日本の格付け取得のご案内」と書かれ、左上に紺色の矩形に白抜きで「N

ＩＣＨＩＷＡ」とあった。

「これは？」

「日和証券の冬木っていう男が持ってきた日本の格付け取得手続きに関する説明書よ」

「ほう、ずいぶん熱心だな。サムライ（債）を出すとしても、ヤンキー（債）の後になるっていうのに」

ダニシュマンは、三十ページほどの資料をぱらぱらとめくる。

日本の格付制度の概要に始まり、日本格付研究所など三つの格付会社の紹介、格付け取得までの標準的な日程と作業内容、格付けの基準、提供を求められる情報、各格付会社の手数料、格付け取得に関する日和証券のサービス、過去にサムライ債を出した発行体とそれぞれの格付け一覧などが記されていた。

「提供しなけりゃならん情報は、政府の組織、社会構造、主要政党、産業政策、各種経済データ、経済見通し、対外支払データ、対外債務、外貨準備……」

海坊主のような風貌のダニシュマンが、資料を読み上げていく。

「……要は、国の政治経済について一から百まで教えろってことか？」

「どの国の格付会社でもプロセスは似たりよったりで、わたしたちが普段、外国のバンカーから訊かれていることと基本的に同じことを訊いてくるそうよ」

「なるほど」

「ただ、格付会社は、それだけを専門にやってるから、相当細かいところまで訊いてくるらしいわ。それから経済データ以外の、たとえば対外債務や外貨準備をどんな方針や手法で管理しているかっていうような点は、プレゼンや質疑応答の仕方次第で、評価に大きな差が出る可能性があるそうよ」

「ふーん……。誰がいったんだ？」

「日和証券の冬木よ」

「そうか……。まあ、避けられないなら、全力で取り組むしかないな。投資適格をとれば、我々の資金調達源が一気に広がるわけだから、むしろ前向きにやるべきだ」

格付けなしで発行できるのは、米国私募債とドイツの投資家をターゲットにしたマルク債くらいである。しかし、投資適格の格付けがとれれば、ヤンキー債、サムライ債、マタドール債（スペイン）、イタリアリラ債、スウェーデンクローナ債、カナダドル債など、様々な市場で債券を発行でき、資金調達が容易になる。

「とにかく、俺たちはよちよち歩きの初心者だ。ＪＰモリソンのフィッシャーや日和証券の冬木らをできるだけ利用して情報をとるんだ。彼らにお互いをチェックさせ、上手く使うことだ」

3

年が明けた一月――

夕闇がたち込め始めたアンカラの街は、激しい吹雪に見舞われていた。

コート姿の但馬は、黄色いプジョーのタクシーで空港に向けてホテルを出発したところだった。

タクシーは、市内南寄りのカワクダレ地区を北の方角に向かって緩やかに下るトゥナル・ヒルミ通りを走っていた。通りの両側には、分厚い吹雪のカーテンの向こうに高級衣料品店、銀行、レストラン、化粧品店、時計屋、靴屋など、煌びやかに照明された店が並んでいる。政府関係の建物の前に掲げられたトルコ国旗は、凍り付いて萎《しお》れた赤い花のようである。

車体の下で、降り積もった雪と氷が、がりがりめりめりと不穏な音を立てる。

三車線の一方通行の車道を埋め尽くした車の群れは、降りしきる雪をまともに受け、道行く人々は、コートの襟の中に頭を埋めて、うつむいて歩いている。

タクシーが、財務貿易庁の建物があるミトハト・パシャ通りを下り始める頃には、辺りは一層暗くなった。通りの左右からせり出し、頭上でくっつかんばかりになっている街路樹の枝にも雪が降り積もっている。それが付近の商店や車のヘッドライトに白々と照らし出され、暗闇の中で伸びてきた無数の白い手のようになっていた。

但馬は腕時計にちらりと視線を落とす。イスタンブール行きの国内線の出発には間に合う時刻だが、雪のために道が渋滞してきたのが心配だった。

吹雪になぶられる暗い街を車窓から眺める但馬の横顔に、一抹の不快感が滲んでいた。

ホテルを出る直前に、本店国際金融部の部長代理の矢野という男と交わした不愉快なやり取りが脳裏に蘇っていた。それは、トルコ政府向けの世界銀行との円建て協調融資案件を巡るやり取りだった。

「承認にもなっていないのに、デッドライン延長のお願いなんかできませんよ」

木で鼻を括ったような矢野の答えが、耳の奥でこだましていた。

協調融資の取りまとめ役は日本興業銀行本店が務めており、東西銀行は、ロンドン支店の但馬が稟議書を書いて国際審査部に申請していた。参加コミット（諾否回答）の期限が迫っているので、興銀に少し待ってくれるよう伝えてくれと矢野に頼んだところ、にべもない答えが返ってきた。

本店国際金融部で、ロンドン支店の案件をサポートする役割を負っている矢野は、三十五歳の但馬より二年次下で、肩書きは但馬と同じ部長代理である。「豹のような」巽と同じ東京の一流国立大学の経済学部出身だが、物事を形式だけで判断し、少しでも自分が楽をして済ませることしか頭にない小役人タイプだ。さすがに周囲も問題視し、昇格が一年ほど遅れている。

（それでもクビにもならず、そこそこいい給料をもらえているんだから、東西銀行は、何と結構な職場であることか）

芯の強さを漂わせた浅黒い横顔が不快感で歪む。

（それにしても、稟議書はどういう状況になっているんだ？）

余裕をもって提出したはずなのに、いまだに岡本審査役の手元にあるらしい。

（イスタンブールに着いたら、とにかく本店に電話しなくては……）

ホテルにチェックインするのは午後十一時くらいになる予定だ。時差が七時間ある日本は、明け方なので、数時間休んで国際電話をしようと考えていた。

タクシーがアタチュルク大通りに出ると、通りの真ん中に、太陽を表す輪の中に、雄牛を左右に従えた牡鹿《おじか》の像が現れた。数メートルの高さの鉄製の像は、紀元前一七〇〇年頃に、アンカラの東約二〇〇キロメートルのボアズキョイに首都を築いたヒッタイト王国を記念するものだ。

やがて通りの左手に、雪で真っ白になったゲンチリッキ（青少年）公園が現れ、続いて中央銀行の建物が見えてくる。

　そこを過ぎると、軍服を着て馬に跨《また》がった勇壮なケマル・アタチュルク像が右手に現れ、オスマン帝国時代からの雰囲気を留める歴史的旧市街であるウルス地区に差しかかる。アタチュルク像に雪が斜めに降りつけ、通りには、古いホテル、床屋、食堂、自転車屋、石造りの国営銀行などが並び、怪しげな酒場の入り口に破れかけたトルコ人女性歌手のポスターがべたべたと貼られている。

　雪はますます激しくなってきていた。

　ウルス地区を過ぎると、街の灯りはぐっと少なくなり、フロントグラスの先は吹雪の空洞の中に突っ込んで行くような光景になった。前方二〇メートルくらいのところに、前の車の赤いテールランプがちらちら見えるだけだ。

　ホテルを出発した頃は、特に心配していなかったが、どうやら尋常ならざる天候になってきたようだ。

（引き返したほうがいいだろうか？）

　しかし、イスタンブールでは、いくつか重要なアポイントメントが入っている。

（やはり、行けるものなら、行きたい……）

　何気なく後ろを振り返ると、リアウィンドーの先も真っ白で、二〇～三〇メートル後ろにいる車のオレンジ色がかったヘッドライトの光が、分厚い吹雪のカーテンの向こうからぼーっと浮き上がっていた。

（もはや引き返しても同じことか……）

ジャンパー姿の中年の運転手は物もいわず、じっと前方に視線を凝らし、ハンドルを操っている。

車体の前のほうが持ち上がり、坂道を登り始めたのがわかる。市街地を出て少し行った場所にある丘陵地帯に差しかかったようだ。天気がよければ、付近の丘をびっしりと覆い尽くすゲジェ・コンドウ（不法建築）が見えるが、窓の外は一〇メートルほどしか視界がきかなくなっている。

しばらくして再びフロントグラスの先に視線を転ずると、ヘッドライトが一〇メートルくらい先まで照らしていたが、見えるのは真っ白な雪原だけで、道がどこにあるのかまったくわからない。すでに雪は数十センチの高さまで降り積もり、表面が風になぶられて、粉のように吹き上がっていた。

（まさか、ここで遭難……）

『東西銀行ロンドン支店の支店長代理、雪のアンカラで遭難』という新聞記事が冗談でなく思い浮かぶ。

運転手はハンドルの上に上半身を覆いかぶせるような姿勢で、じっと前方を見つめながら車を走らせている。その姿は、雪の中で獲物の姿を追い続ける猟師のようだ。

（よく道がわかるもんだな……）

発展途上国や中進国の人々は、先進国の人間が想像もできない動物的な能力を発揮することがある。

吹雪はますます激しく、ヘッドライトに照らし出された一〇メートルほどの向こうから、無数の白い雪が荒れ狂ったように押し寄せてくる。車の傾きがなくなったので、丘陵地帯を通過したようだ。

運転手は相変わらず道を外れずに車を走らせ続けている。車を運転しているというより、白い大海原を船で進んでいるような感じである。

もはやこの見知らぬ中年トルコ人に運命を委ねるしかないと思い定め、但馬はリアシートでじっとしていた。

（それにしても、いったい何を頼りに運転しているんだろう……？）

運転手の技量に唖然としながら、但馬は長い時間車に揺られていた。

辺りは真っ暗で、薄い鋼板で作られたドアを通して、車内に寒さが伝わってくる。聞こえるのはエンジン音と、雪や氷を踏むタイヤの軋る音だけで、それ以外は一切の音がしない。

まるで深海底にいるようだ。

ずいぶん時間が経ったような気がしたとき、ふいに前方の雪のカーテンの向こうに標識らしき物が現れた。

「Havalimani（Airport)」

トルコ語の文字と、上を向いた黒い飛行機の形の絵が目に飛び込んできた。

（空港に近づいたのか……信じられない！）

標識の下を通過しても、フロントグラスの先に見えるのは茫漠たる雪原で、一〇メートルから先は真っ暗な闇だ。闇のこちら側でも、向こう側でも、白い雪が激しく舞っている。

十分くらい走り続けると、オレンジ色の灯を点した建物が見えてきた。

（空港だ！　奇跡だ！）

やがて黄色いプジョーのタクシーは、空港ビル前で弧を描いて出発ターミナルの入り口前に横づけした。

車のドアを開けて降りると、あたりには雪が馬糞のように散らばっており、すぐそばに、やはり今着いたばかりでボンネットや屋根の上に雪をかぶった乗用車が停車していた。外気は凍えるほどの冷たさだった。

「サンキュー！　サンキュー・ヴェリー・マッチ！」

但馬は、料金と同額のチップをはずみ、右手を差し出した。ジャンパーを着た中年の運転手は、はにかんだ顔で但馬の手を握り返してきた。素朴な笑顔が、いい仕事をした満足感で輝いていた。

（しかし、これからあの道を街まで帰るというのか……？）

但馬は啞然とする思いで、走り去るプジョーのタクシーの後ろ姿を見送った。

アンカラ空港は、首都の空港とは思えないほど古びた二階建てのビルである。オレンジ色の照明を点した屋内で、黒っぽいジャンパー姿の男女の職員たちが働いていた。

壁の高い位置に設置された出発案内の表示板を見上げると、大きな遅れもなく飛行機は飛んでいるようだった。

ナローボディーで尾翼の左右に二基のエンジンが付いた頼りなげなMD80型機の国内線は、凍てつく冬空を約一時間飛行し、午後十時近くに、イスタンブール市南西郊外にあるアタチュルク空港に着陸した。イスタンブールの街も白く雪化粧し、戸外の空気は凍てつくようだった。しかし、夜空は晴れ渡り、頭上で無数の星が瞬《また》いていた。

但馬が、ヨーロッパ側新市街の高台ハルビエ地区に建つヒルトン・ホテルにチェックインしたとき、時刻は、午後十一時を回っていた。

イスタンブールのヒルトンは一九五〇年代に建設され、トルコ初のBOT（build, operate, transfer）方式で建設・運営された。ヒルトン・グループは二十年間で投資と利益を回収し、施設の所有権をイスタンブール市に引き渡したが、その後も三パーセントのフィーで経営を受託している。

館内の長い廊下は、黄色い幾何学模様が描かれた赤絨毯が敷かれ、宮殿のようである。

但馬は、ボスポラス海峡を望む五階の五百四十九号室にチェックインした。三〇平米くらいの広い部屋で、青やオレンジ色の模様が入った薄茶色の絨毯が敷き詰められていた。壁には、オスマン・トルコ時代のイスタンブールを描いた水彩画やトルコの壺の絵などがかかっている。海峡側の壁は全面ガラス張りで、ベランダの先にボスポラス海峡がパノラマのように展開している。

但馬は午前二時に目覚まし時計をセットして、ベッドに横になった。

目覚まし時計が鳴る音で目を覚ましたとき、ガラス壁の向こうのボスポラス海峡は真っ黒な真空地帯のようになって闇の中に沈み、対岸のアジア側の民家のオレンジ色の灯火はまばらだった。

但馬は、セーターを着てベッドに腰かけ、ベッドサイドの電話機のボタンを押して、本店の国際審査部に電話をかけた。疲れと時差で、頭が少しふらついた。

「ロンドン支店の但馬ですが、岡本審査役をお願いします」

電話に出た女性職員に取り次ぎを頼む。

「但馬君？　相変わらず夜討ち朝駆けだねえ。いったい今、何時なの？」

受話器から、いつもの間延びした声が聞こえてきた。

「今、イスタンブールにおりまして、午前二時すぎです」

東京は、午前九時すぎだ。

「午前二時すぎ？　相変わらず激しい仕事振りだねえ。……例のトルコの世銀協融《きょうゆう》の件かね？」

「そうです。今日が参加のデッドラインですので、幹事のＩＢＪ《アイビージェー》（興銀）にコミットの連絡をしたいんですが」

ＩＢＪは、The Industrial Bank of Japan（日本興業銀行）の略称である。

「ああ、あれ、今日がデッドラインだったのか？」

人ごとのような口調に但馬はむっとなった。今日が締切日であることは、稟議書を出したときに伝えてある。

「稟議はもうご承認いただけたんでしょうか？」

トルコ向けの国枠（カントリー・リミット）の範囲内の案件で、かつ対外債務において通常返済の優先度が高い世界銀行との協調融資なので、問題なく承認になるはずだ。

「稟議はねえ、さっき判子ついて、部長に回しといたよ」

国際融資の案件は、金額や当該債務者への融資残高に応じて、最終決済者が国際審査部長の場合と、常務国際本部長の場合がある。この案件は、大門国際審査部長が最終決済権限を持っている。

「じゃあ、今日、部長のご決裁をいただけるんですね？」

「いやあ、部長は昨日から、名古屋に出張に行ってるから、無理だろう」

相変わらず人ごとのような口調でいった。

「名古屋に出張⁉」

（最悪のタイミングだ……）

「岡本審査役……」

但馬は、萎《な》えそうな気分をこらえながら、呼びかけた。

「この案件はカントリー枠の範囲内ですし、世銀の協融でもありますから、やらせていただくわけにはいかないでしょうか？」

「そりゃ駄目だよぉ。これは部長決済の案件なんだから」

「しかし、今日がデッドラインなんです」

「デッドラインなんか、ＩＢＪにいえば、一日や二日延ばしてもらえるだろう、ええ？」


但馬は仕方なく幹事銀行である興銀に電話して、参加期限延長の可能性を打診した。

しかし、もう十分に参加銀行が集まっており、世銀との事務手続きもあるので、今日で参加を締め切ると通告された。

（糞っ、何てことだ！）

岡本の無責任な仕事振りにほとほと腹が立ったが、今となってはあとの祭りだ。

ロンドン支店副支店長の古沢がいれば、大門審査部長に電話をかけて、口頭で承認を取ってもらうところだが、ロンドンはまだ真夜中の零時半だ。

しばしの間、ガラス壁の向こうの暗いボスポラス海峡を眺めながら考え込む。室内の光を反射するガラス壁に、深刻そうな自分の顔が半透明になって映っていた。

但馬は、再び受話器に手を伸ばし、国際審査部に電話をかけた。部長秘書に大門の名古屋での宿泊先を訊くと、名古屋国際ホテルだという。

あと数時間待って古沢から電話を入れてもらったほうがいいかとも思ったが、居ても立ってもいられない気持ちにかられ、名古屋国際ホテルの電話番号を押していた。

大門は、ちょうどホテルをチェックアウトしたところで、フロントで但馬の電話を受け取った。

「ロンドン支店の但馬君？　……いったい、何事かね？」

声に、驚きと不審感が入り混じっていた。

大門は但馬より十五年次くらい上で、役員一歩手前の理事である。行内のしきたりでは、但馬が直接電話できる相手ではなく、これまで話したこともない。

「大門部長、失礼を承知でお電話させていただきました」

「今、ロンドンからかけているのかね？」

威厳のある声に、咎《とが》めるような響きがあった。

「今、イスタンブールです」

「イスタンブール？　そちらはまだ真夜中じゃないのかね？」

「はい。……実は、トルコ向け世銀協融参加の稟議書を上げさせていただいているのですが、今日がコミットのデッドラインで……」

相手はまだ稟議書を見ていないので、但馬は、内容について一通り説明した。ホテルのフロントであるにもかかわらず、大門は耳を傾けてくれた。厳格だが、公平で筋を通すという評判の人物である。

「……なるほど、案件についてはわかった」

話を聴き終えると、大門はいった。

「まあ、トルコは注意しながら付き合わなけりゃならない国だが、この案件は、やってもいいんじゃないかな」

「有難うございます。……それでは、ＩＢＪ（興銀）のほうに、参加する旨連絡させていただきます」

「うむ。……ところで、イスタンブールは、今、何時なのかね？」

「朝の三時になるところです」

ベッドに腰掛けた但馬は答える。

「朝の三時か……ご苦労さんなことだ」

大門は、労《ねぎら》うようにいった。

「ただ但馬君、仕事熱心なのはわかるが、銀行の中には色々いう人がいるから、振る舞いには気を付けたほうがいいな」

「は……はい」

但馬は、受話器を耳にあてたまま背中を丸め、頭《こうべ》を垂れた。

一介の支店長代理が、国際審査部長を名古屋のホテルのフロントで捕まえて、口頭で承認をもらうなどという行為は掟破りだ。銀行という官僚的な組織の中には、掟を守ることだけに血道を上げている人々が少なからずおり、こうした行為は吊るし上げを食らう。

話を終え、受話器を置いた但馬の全身にじっとり汗が滲んでいた。大門の人柄に救われた気分だった。

但馬は再び受話器を取り上げ、本店国際金融部の矢野に電話を入れた。

「但馬さんの言葉だけで、コミットをするのは、僕にとってリスクがありますよ」

国際審査部長の了解をとったから興銀に参加通知をしてくれというと、矢野はすぐ反論してきた。

「俺の言葉が信用できないのか？」

但馬は怒りを押し殺した声で訊き返す。

「信用できないとはいいませんよ。でも口頭だけだと、細部に関する行き違いがあったりしますからね」

「だから、そういう行き違いがないように、今、きっちりと大門さんと電話で確認したんだから」

「但馬さんがきっちり確認したことを、僕が確認できないんですよね」

二年次下の相手は、しゃあしゃあといった。

「じゃあ、名古屋のホテルにいる大門さんに電話しろよ！　俺がいってることが、嘘じゃないって確認してくれるから」

大門がすでにホテルを後にしているはずだと知りつつ、但馬は怒鳴った。

「国際審査部長を出張先で捕まえて、確認を求めるなんて真似は、一介の代理である僕には到底できませんね」

矢野は冷笑するようにいった。

「わかった。もうお前には頼まん！　俺からＩＢＪに連絡してコミットする！」

怒りにまかせて、電話を叩き切った。

すぐに興銀の担当者に電話を入れると、相手はまた「本店からコミットの通知がほしい」という。但馬は、「わたしのサインは、いかなる金額に関しても法人としての東西銀行のアンダーテイキング（引受け）として有効です。嘘だと思うなら、貴行にも送ってあるはずの東西銀行のサイン・リストを参照してください」と強引にねじ込んだ。

朝九時に、ホテルのビジネス・センターが開くと同時に、但馬は持参していた東西銀行の用箋に参加コミットの文言を英文でタイプし、自分でサインして日本興業銀行にファックスした。

第四章　市場激震

1

八月二日木曜日——

スーツ姿の但馬は、アンカラのヒルトン・ホテルで朝食を終え、部屋でその日のスケジュールを見ながら、取引先に渡す提案書などを確認していた。

市内南寄りの高台にあるヒルトンは、但馬の定宿である。清潔な部屋の壁には、オスマン・トルコ時代の狩猟の様子などを描いた細密画が掛かっており、窓からは赤茶色の屋根の家々が立ち並ぶカワクダレ地区を見下ろすことができる。住宅街のポプラの木々が、暑い一日を予感させる強い朝日を浴びていた。空気が乾燥しているアンカラの夏は、日本のように蒸し暑くないが、太陽の光は中近東に似て苛烈である。トルコ東部はシリア、イラク、イランと国境を接しており、気候や植生が中近東の入り口であることを示している。

その日は、取引先である銀行や国営企業を訪問するほか、世界銀行アンカラ事務所のエコノミストや日本大使館の総領事に会って、政治や経済の状況について話を聞く予定になっていた。

世界銀行のアンカラ事務所にはアースランというトルコ人の男性エコノミストがおり、ミクロ、マクロの両面からトルコを分析している。三十歳くらいの太った独身男で、「actually（実際に）」という語をしょっちゅう挟みながら、ゆっくりとした英語で親切に話を聞かせてくれる。ＪＡＬの沖縄キャンペーンガールからタレントになった斉藤慶子のファンだというので、日本から彼女のカレンダーを取り寄せてプレゼントしてやったことがある。

日本大使館には本山というトルコ語に堪能な総領事がおり、歯に衣を着せずに日々の分析の結果を語ってくれるので、有難い存在だ。本題の合間の、偽警官に騙されて財布を盗られた日本人や、麻薬の運び屋と疑われて留置場に入れられた日本人の身柄を引き取りに行くエピソードも面白い。

夕方には、市街中心部から西寄りの官庁街にある国家計画庁(State Planning Organization、略称ＳＰＯ）に行き、毎月発行されている経済統計の冊子をもらってくる予定だ。正門でパスポートを預け、ビル内にずかずかと入って行き、発行窓口で「一部ください」というとタダでもらえる。トルコ語と英語でＧＤＰ、輸出、輸入、インフレ率など、細かい各種経済指標が載った数十ページの冊子である。外国人バンカーの間ではしばしば、「ＳＰＯの資料は操作されているからあてにならない」といわれるが、これを見ずにトルコの信用リスク分析はできない。

トルコ経済は、高インフレ（昨年六九・六パーセント）と高失業率（同一〇・二パーセント）という問題を抱えながら、右肩上がりの発展を続けている。

昨年は、関税が引き下げられたことで輸入が急増し、貿易収支の赤字幅が前年の十七億七千七百万ドルから四十二億千九百万ドルへと拡大した。それを二十五億五千七百万ドル（前年比八・五パーセント増）の観光収入や三十億四千万ドル（同七二パーセント増）の在外トルコ人労働者からの送金でカバーし、経常収支は九億六千百万ドルと二年連続の黒字を達成した。

一九八〇年代からオザール首相（昨年十一月から大統領）の指導の下で推し進めてきた輸出志向の工業化政策も順調に実を結び、ＧＤＰに占める工業製品の割合は、八〇年の二五パーセントから、現在では三〇パーセントに迫っている。輸出額においても工業製品が八割近くを占め、繊維、衣料、皮革、食品加工といった軽工業に加え、鉄鋼、化学、機械、輸送機械といった分野が着実に伸びてきている。しかし、繊維などの労働集約的な産業を除き、国際競争力は十分ではなく、輸出相手国は、東欧・中東・アフリカが全体の約四割である。

財務貿易庁による、短期債務を減らし、資金調達源を多様化するという対外債務安定化の努力も続いていた。昨年十月には、三井銀行のロンドン証券現法である三井ファイナンスの主幹事により期間五年・金額二億ドルのシンジケート・ローンの組成に成功した。

十一月には、住之江銀行のロンドン証券現法である住之江ファイナンスを主幹事として、過去最長の期間六年（金額は二億五千万ドル）のユーロドル債を発行し、今年二月には、三井ファイナンスを主幹事として、満期をさらに一年伸ばす期間七年・金額二億ドルのユーロドル債を発行した。

二件のユーロドル債は、円の固定金利へとスワップ（金利交換）され、主として日本国内の機関投資家に販売された。期間七年のほうは、まだ無理があったようで、買い手が少なく、セカンダリー（流通市場）で価格が値下がりした。しかし、兎にも角にも、期間七年の借入れを実現できたことは、二、三年前まで借入れ自体に苦労していたトルコにとって画期的なことだった。

トルコの担当として二年目に入った但馬も脂が乗り出し、昨年は、カラデニツ銀行の八千万ドルのシ・ローンのほか、国営銀行であるエムラク銀行向け（五千万ドル）や、エコノミ銀行向け（三千万ドル）などの案件を手がけた。またトルコ政府が保証するエルデミル製鉄会社向け一億二千五百万ドル（期間四年）のシ・ローンに幹事銀行として参加した。

午前八時半――

外出の支度を終えた但馬は、紺色のスーツに黒い革の鞄を提げ、エレベーターでホテルの一階に下りた。

フロアーの南寄りにレセプション・カウンターがあり、目の前は、広々としたラウンジになっている。ガラスの回転扉の向こうの車寄せでは、いつものように黄色いタクシーが明るい朝日の中で客待ちをしていた。

但馬は、レセプション・カウンターに歩み寄り、そこに置いてある顧客用の英文のニュース速報に手を伸ばした。ホチキスで留められたA4判で八ページの資料の一ページ目の最上段には、濃い灰色のバナーに白抜きで「TURKISH NEWS BULLETIN」とある。タクシーの中ででも目を通そうと思って、鞄の中に入れようとしたとき、一ページ目に掲載されている大きな白黒写真が目に留まった。

どこかの交差点に戦車が停まっている写真だった。焦点が合っていないためにぼやけていたが、それがかえって不穏な雰囲気を伝えていた。

記事の見出しを見た瞬間、頭を一撃されたような衝撃を受けた。

「IRAQ INVADES KUWAIT（イラクがクウェートに侵攻）」

地震でもないのに、ロビーの磨き上げられた大理石の床が、ぐらぐらと揺れているような気がした。

（なぜなんだ⁉　……どうしてなんだ⁉）

自問が頭の中を駆け巡る。

（クウェートに侵攻して、イラクに何の得があるというんだ⁉）

記事を凝視したまま、呆然と立ちすくんだ。

数週間前から、イラクのサダム・フセイン大統領が、クウェートとの国境に十万人のイラク軍を集結させていた。理由は三つあり、①クウェートがイラクのルメイラ油田の石油をクウェート側から盗掘し、二十四億ドルの損害を与えた、②クウェートやＵＡＥ（アラブ首長国連邦）が原油を過剰生産しているため、油価の低迷で打撃を蒙った、③一九六一年のクウェート独立以来、領有権を巡って争っているブビヤン、ワルバ両島をイラクに割譲すべき、というものだ。

イラク側の主張の背景には、八年の長きにわたったイラン・イラク戦争（一九八〇年〜一九八八年）中に主として湾岸アラブ諸国から借り入れ、七百億ドル〜八百億ドルに増大した対外債務を帳消しにさせ、地域における軍事大国としての力を誇示しようという狙いがある。

但馬ら国際バンカーたちは、交渉ではまず大きく出るアラブ流の脅しのための軍隊集結であり、本当にクウェートに攻め入るとは考えていなかった。すでにクウェートはイラクに対して、「盗掘による損害」のうち十億ドルの賠償に応じる姿勢を見せ、ＯＰＥＣ（石油輸出国機構）は先週原油価格をバレル当たり十八ドルから二十一ドルに引き上げている。一方、イラクは、イランとの戦争を二年前に終結させたばかりで、国民も経済も疲弊し切っており、新たな戦争を始めることは、まともでは考えられない。

東西銀行は、クウェートの銀行や消費者金融会社などに対して八千万ドルの融資債権などを保有しており、融資の担当者は但馬である。つい先日、イラク軍の動きを心配した国際審査部がロンドン支店の見解を求めてきたが、但馬は、「脅しのための軍事行動であり、侵攻の可能性はない」と回答した。国内外の専門家たちも同様の見方をしており、本当に侵攻すると予想した者は、ほぼ皆無である。

しかし、サダム・フセインは、そうした外国人たちの常識と論理を嘲笑うかのように、クウェートに侵攻した。

（「それは、ここが中東だからさ」か……）

以前聞いたときには馬鹿馬鹿しいとしか思えなかった岡本審査役の言葉が、奇妙な説得力とともに蘇る。

（とにかく、アポイントメントに行かなくては……）

但馬は、「ターキッシュ・ニューズ・ブレティン」をわし摑みにして書類鞄の中にねじ込み、よろめく足取りで車寄せの黄色いタクシーに向かった。

最初の訪問先は、トルコ第六位の大手銀行であるヴァクフラール銀行だった。ヴァクフ(vakıf)はトルコ語で、イスラム教関係の財団を意味し、ヴァクフラール(vakıflar)はその複数形である。オスマン・トルコ時代、皇帝や富裕な人々が公益のために学校、病院、モスク、図書館などを建設し、彼らの死後、それらの施設は財団によって運営された。ヴァクフラール銀行は、一九五四年に、そうした財団の収入や支出を管理するために設立された国営銀行だ。現在は、普通の商業銀行として融資や預金の受け入れを行っており、プロジェクト・ファイナンスにも力を入れている。

但馬を乗せたタクシーは、ヒルトン・ホテルから道を少し下ったところにある市内のメインストリート、アタチュルク大通りに向かった。

八月の近東の太陽が照りつける広い通りは、いつものように車で混み合っていた。街路のポプラの木々は青々とした葉を茂らせ、政府関係の煉瓦造りの建物の前の国旗掲揚塔には真紅のトルコ国旗が掲げられている。

但馬は、アタチュルク大通り二百七番地にあるヴァクフラール銀行の前でタクシーを降り、途中にアタチュルクの胸像が飾られている赤い絨毯を敷いた階段を二階に上がって、国際部門を担当している副頭取の部屋の扉をノックした。

扉を開けると、室内の奥に大きな執務机があり、その脇に三日月と星を白く染め抜いたトルコ国旗とアタチュルクの白い塑像が置かれていた。

副頭取のアダム・アルダは、カナダのオタワ大学で経済学士、マギル（McGill）大学（モントリオール）で同修士を取ったあと、ロイヤル・バンク・オブ・カナダとマンハッタン銀行で働き、二年前に副頭取として迎えられたトルコ人男性だ。年齢は四十代半ばで、穏やかで知的な眼差しが実直な人柄を感じさせる。

「ウェルカム」

細い両目にいつもの微笑をたたえ、アルダは右手を差し出した。

「お変わりないですか？」

右手を握り返しながら但馬が訊く。

「変わりはないが、ご覧のとおりだ」

色白でややエラの張った顔に微笑とも苦笑ともつかぬ笑みを浮かべ、ソファーセットのそばに置いた小型のテレビを手で示す。音量を低くしてつけられたテレビの画面で、CNNの男性キャスターが、イラクのサダム・フセイン大統領の写真や、ペルシャ湾岸の地図などを背景に、現地の様子を伝えていた。

「まったく、大変なことになりましたね」

二人はソファーに腰を下ろし、黙ってテレビを見つめる。とても仕事の話をする気分になれなかった。

米国人の男性キャスターは、中近東や欧州にいる世界各地の特派員たちを呼び出して情勢分析を始めた。シンガポールの石油スポット市場では、ドバイ原油が前日比四ドル高と急騰し、欧州では金がストップ高になっていた。

「これからどうなるんですかねえ？」

「さあなあ……。こんな暴挙に出るなんて、サダム・フセインって男は、いったい何を考えているんだろうなあ」

アルダが途方に暮れたような表情で首をかしげた。

「ところで、例のシンジケーションはどうするんですか？」

ヴァクフラール銀行は、マンハッタン銀行とガルフ・インターナショナル銀行にマンデートを与え、総額五千万ドルのシンジケート・ローンをローンチ（組成開始）したばかりだ。期間が二年であるにもかかわらず、最近のトルコの信用力改善で、金利はＬＩＢＯＲプラス〇・六二五パーセント、参加手数料は〇・三パーセント、したがってオールインでＬＩＢＯＲプラス〇・七七五パーセント（Ｌ＋〇・六二五＋〇・三÷二）という極めて低コストの条件になっていた。

「この情勢じゃ、おそらく組成は困難だろう」

アルダの言葉に、但馬がうなずく。

イラクが紛争当事国になったので、国境を接しているトルコに様々な悪影響が及ぶことが予想される。

「たぶん、『マーケット・チェンジ』で、プルアウト（組成中止）ということになるんじゃないかな」

アルダは浮かない表情でいった。

「マーケット・チェンジ」というのは、融資の提案書の末尾に付け加えられる条件で、「This offer is subject to there being no unforeseen circumstances which will in our opinion adversely affect the international financial markets prior to the signing date.（この提案書は、〈融資契約書の〉調印前に、我々の意見において、国際金融市場に予測不可能な事態が生じていないことが前提である）」という文章だ。今回のイラクによるクウェート侵攻は、明らかに通常予測できる範囲の事態ではないため、主幹事銀行は、これを理由にマンデートを返上（案件から撤退）することができる。

「それに、GIB（ガルフ・インターナショナル銀行）自体、他行からもらっているマネーマーケットのラインを大幅にカットされて、新規の貸し出しどころじゃなくなるだろう」

銀行というものは、銀行同士が預金を預け合うマネーマーケット（短期金融市場）で資金を調達し、融資を行っている。ガルフ・インターナショナル銀行は、クウェートの目と鼻の先にあるバーレーンに本店を置いているため、紛争の影響が及ぶことを懸念する他の銀行が、同行に対する資金の預け入れ枠を大幅に減額することが予想される。

「そういえば、ＴＭＯのシ・ローンは、今日あたり調印じゃなかったっけ？」

アルダの言葉に、但馬ははっとなった。

ＴＭＯ（Toprak Mahsulleri Ofisi＝トルコ穀物公社）は小麦、大麦、トウモロコシなどを国内の生産者や海外から買い付け、国内に安定的に供給する役割を担っている国営公団で、七月に、米国のマニュファクチャラーズ・ハノーバー銀行を主幹事として五億ドル（うち四億ドルは期間一年、一億ドルが期間二年）の国際協調融資をローンチした。引受銀行には、スタンダード・チャータード（英）、バネスト（西）、ラボバンク（蘭）、東邦信託などと一緒に、東西銀行も名前を連ねた。マニュファクチャラーズ・ハノーバーが、一年のトランシェ（部分）をＬＩＢＯＲプラス〇・四パーセント、二年のトランシェを同〇・六パーセントというアグレッシブなプライスでマンデートを獲りに行ったために、組成に苦労した案件だった。

（そうだ！　ＴＭＯの調印は今日じゃないか！）

但馬は慌ててソファーから立ち上がり、アルダに詫びて部屋をあとにした。

同じ頃——

時差二時間のロンドンは、晴れ渡った明るい朝を迎えていた。サハリン島中部とほぼ同じ緯度にあるロンドンの夏は、北海道のように涼しく爽やかだ。

トルコ財務貿易庁対外経済関係局長のムスタファ・ダニシュマンは、紺色のジャージーの上下にナイキのスニーカーをはいて、朝のウォーキングをしていた。

四十四歳になり、かなり腹が出てきたダニシュマンは、出張先でもなるべく歩くように心がけている。宿泊先であるグロブナー・スクエアのマリオット・ホテルからハイドパークまでは、直線距離で三〇〇メートル弱である。

額が禿げ上がった海坊主のような風貌のダニシュマンは、大きく腕を振りながら古い石造りや煉瓦造りの建物が建ち並ぶアッパー・ブルック通りを西に進み、突き当たりのパーク・レーンを北上し、マーブルアーチの角で交差点を渡ってハイドパークに入り、ジョギングや犬の散歩をする人々に混じって四十分ほど公園内を歩いた。

ウォーキングからホテルに帰ってきたダニシュマンは、エレベーターで五階の自室に戻った。

モスグリーンのカーペットが敷かれた室内には、古風な木製のライティング・デスクと箪《たん》笥《す》が置かれ、白い窓枠の大きなガラス窓の向こうに、グロブナー・スクエアに沿って植えられたスズカケノ木々の新緑が一杯に広がっている。

ダニシュマンはシャワーを浴び、胸に赤茶色でホテルの名前が入った白いバスローブを羽織り、スリッパ姿で室内に戻った。時刻はまだ午前七時すぎで、十一時から予定されているTMO（トルコ穀物公社）向け五億ドルのシ・ローンの調印式には十分間に合う。

CNNでも観ようと思って、ソファーにすわり、リモコンでテレビのスイッチを入れた。米国人らしい男性キャスターが画面に現れ、強い日差しの中でマイクを持って早口で話していた。

「……according to the Western diplomat Iraqi soldiers have crossed into Kuwait and occupied at least two border posts.（西側外交官によりますと、クウェートに侵攻したイラク軍兵士は、少なくとも二箇所の国境施設を占拠したということです）」

（クウェートに侵攻したイラク軍兵士……？）

ダニシュマンは、話の意味を咄嗟《とっさ》に理解できなかった。

「In a statement issued in Baghdad the Chairman of the Revolutionary Command Council of Iraq President Saddam Hussein said the Kuwaiti government had been overthrown.（イラク革命指導評議会議長であるサダム・フセイン大統領は、バグダッドで声明を発表し、クウェート政府は打倒されたと述べました）」

（ななな、何だと⁉）

バスローブ姿のままソファーから立ち上がり、テレビに歩み寄る。

「Iraq warned any foreign troops trying to interfere with its actions would be attacked.（イラクは、イラク軍の行動を妨害しようとする外国軍は、すべて攻撃すると警告しています）」

「アッラ、ハッラー！（おお、アラーの神よ！）」

ダニシュマンは、慌ててベッドサイドの電話機に歩み寄り、別の部屋に宿泊しているTMO（トルコ穀物公社）の会長に電話をかけた。

「ダニシュマンだ。イラクがクウェートに侵攻したぞ。……嘘じゃない！　ロンドンまできて朝っぱらから冗談なんかいうか！」

受話器に向かってだみ声で怒鳴る。

「とにかく、至急マニハニ（マニュファクチャラーズ・ハノーバー銀行）のオフィスに行くんだ。ロビーで待ってる」

受話器を叩きつけるように置くと、急いでスーツに着替えた。

三十分後――

金融街シティは朝の出勤時刻で、オフィスに向かうバンカーたちが、巣穴から出てくる蟻の群れのように、地下鉄バンク駅の出口から吐き出され、八方向へと延びる道を足早に歩いていた。

米系大手商業銀行マニュファクチャラーズ・ハノーバーのロンドン現地法人は、地下鉄駅から北北西の方角に伸びるプリンスズ通り（Prince's St.）七番地に建つ七階建てのガラスを多用した近代的なビルに入居している。

屋上には同行の社旗とユニオンジャック（英国旗）が翻り、エントランスホールにある三基のエレベーターの上部の壁には、翼と上半身が鷲で下半身が獅子の「グリフィン」の彫刻が施されている。金銀財宝を集める習性があるといわれる伝説の動物だ。

ダニシュマンは、TMO（トルコ穀物公社）の会長、財務部長と一緒に、マニュファクチャラーズ・ハノーバー銀行のシンジケーション部の中を急ぎ足で進んだ。ディーリング・ルームに似た広い空間には、電話の短縮ボタンがずらりと付いた黒いタッチボードのあるトレーダー・デスクが、何十もの島を造って配置されていた。出勤してきているセールスマンやマーケティング・オフィサーは、まだ二〜三割で、自分のデスクでコーヒーを飲んだり、情報端末モニターのスクリーンを覗き込んだり、アジアや欧州大陸の顧客と電話で話したりしている。

「トルコのトレジャリーのダニシュマンだ。マリオ・アルナボルディのデスクはどこだ？」

肉付きのよい身体をりゅうとしたダークスーツで包み、胸に白いポケットチーフをしたダニシュマンは、フロアーの中ほどで、パソコンのキーボードを叩いていた女性に訊いた。

「マ、マリオ・アルナボルディ？　……え、ああ、あの、マーケティング（営業）の？」

若い英国人女性は、血相を変えた海坊主のような顔が突然迫ってきたので驚いた様子。

「そうだ。トルコのマーケティング担当のイタリア人のマリオだ」

「え、えっと……マリオの席はあっちだけど」

英国人女性は、プリンスズ通りに面した窓の席のほうを指差した。

しかし、そこにいるのは、二、三人の英国人男性だけだった。

「オウ、ハーイ、ムスタファ！」

背後から陽気な男の声がした。

ダニシュマンが振り返ると、長めの頭髪を横分けにし、日焼けした優男の白人が立っていた。

「グッド・モーニング！　ユー・ケイム・ヴェリー・アーリー、ハアッ？　（ずいぶん早く来たもんだね)」

売れない映画俳優のようなイタリア人マリオ・アルナボルディは、満面に笑みを湛え、ダニシュマンの肩を抱きかかえる。

(まったくこの男は、陽気なだけが取り柄なんだよなあ……)

太り肉のトルコ人は、苦虫を噛み潰したような表情になる。

「マリオ、ドゥー・ユー・ノウ・ホワット・ハプンド？(あんた、何が起きたか知ってるか？)」

「オゥ、イエース！　ディス・イズ・ア・ヴェリー・ナイス・モーニング！(いやー、今日はほんとにいい天気ですよねえ！)」

朝刊と朝食用のクロワッサンの紙袋を持った両手を広げ、輝くばかりの笑顔になった。

(駄目だ、これは……！)

ダニシュマンはがっくりきた。

「今朝、イラクがクウェートに攻め込んだんだぞ！」

「えっ、イラクがクウェートに？　冗談でしょ？」

へらへら笑いながらいった。

「冗談なんかいうか！　今日は四月一日じゃない、八月二日だ！」

「え……？」

イタリア人は、怪訝そうな表情になり、そばのデスクにあったロイターの端末に歩み寄る。パソコンより一回り小さい端末の前に立ってキーボードを叩き、緑色の画面にニュース速報のページを開いて視線を凝らした。

「Iraq invades Kuwait, Saddam's goal is higher oil price（イラクがクウェートに侵攻。サダムの狙いは、原油価格の上昇）……オゥ、ノーッ！」

イタリアン・スーツのイタリア人は、両手で頭を抱えた。

「ヘイ、マリオ！　カム・ヒヤ！　ナンバー・オブ・バンクス・アー・デクライニング・ザＴＭＯトランズアクション！（おい、マリオ、ちょっとこっちに来てくれ！　参加銀行が続々とＴＭＯのディールを断ってきてるぞ！）」

少し離れたデスクで、ワイシャツ姿の中年英国人男性が叫んだ。協調融資団の組成を担当しているシンジケーション・マネージャーだ。

「何、もう断ってきたのか⁉」

ダニシュマンの顔に緊張が走る。

五億ドルという巨額のローンの調印が突然中止されると、ＴＭＯだけでなく、トルコ全体の外貨繰りに影響を与える。

一同は、慌ててシンジケーション・マネージャーのデスクのところに駆け寄った。

「断ってきたのは、どことどこだ？」

脂汗を額に滲ませたダニシュマンが訊いた。

「エフィバンカ（伊）、ラボバンク（蘭）、西海銀行、バンク・インターナショナル・ド・コマース（仏）、東邦信託……それと東西銀行だ」

デスクにすわった中年英国人マネージャーが、目の前に開いたシンジケーション・ブックを見ながらいった。

シンジケーション・ブックは、Ａ４判の用紙を横書きに使って、縦に参加を表明した銀行名と住所、テレックス番号、横にそれぞれの銀行の融資担当者の連絡先、事務担当者の連絡先、ドル口座の詳細、ツームストーン（融資完了広告）等に使う銀行名、融資契約書の必要部数と送付先担当者名が記されていた。

「エフィバンカ（伊）、ラボバンク（蘭）、西海銀行、バンク・インターナショナル・ド・コマース……」

眉間に縦皺を寄せたダニシュマンが、銀行名をうわ言のように繰り返す。すべて引受けをしている幹事銀行だった。

「これは、ちょっともう駄目ですねえ。アンダーライター（引受銀行）が、ほとんど皆断ってきたんじゃ、ディールはオフ（中止）ですよ」

アルナボルディが、他人ごとのような口調でいい、英国人シンジケーション・マネージャーがうなずく。

「冗談じゃない！」

ダニシュマンが、憤然といった。

「トルコは、クウェートとは一〇〇〇キロ以上離れている！　今回の紛争がトルコに影響を与えるはずがない。イラクだって、北と南の両方で戦線を開けるわけがない。サダム・フセインは、必ずトルコに宥和《ゆうわ》を求めてくる。今回の紛争では、トルコが一番安全なのだ！」

「いや、でも、これだけの銀行がもう断ってきているわけですしねえ」

「断ってきた銀行を説得するのが、主幹事の仕事だろうが！」

ダニシュマンは、アルナボルディを睨みつける。

「断られて、はいそうですかと引き下がって、それで主幹事か!?　何のために、我々から高い手数料をとってるんだ!?」

「しかし、今回は戦争という非常事態ですから……」

「戦争をしているのは、イラクとクウェートだ。トルコは関係ない！」

「はあ……。ただ、参加銀行のセンチメント（感情）としては……」

しばらく押し問答が続く。

「とにかく、本件を中止することは、俺が認めん！」

ダニシュマンが宣言するようにいい、一同はますます困惑顔になった。「マーケット・チェンジ」で案件を中止するしないを決めるのは、本来銀行団のほうだ。

「そのシンジケーション・ブックのコピーを俺にくれ。俺がここから各行に電話して参加を頼む」

「え、ここからですか？」

英国人シンジケーション・マネージャーの言葉に、ダニシュマンはうなずく。

コピーを渡されると、近くの空いている席にすわり、ワイシャツ姿になって、だみ声で各銀行のロンドン支店長や国際部長に電話をかけ始めた。


翌週——

土曜日の夕方、財務貿易庁に休日出勤したニルギュン・エンヴェルは、帰宅途中に、ゲンチリッキ（青少年）公園に立ち寄った。

フランスの建築家テオ・レボーが設計し、一九四三年に開かれた公園は、アンカラの中心街からウルス地区に行く途中にあり、都会のオアシスになっている。

日中に比べると過ごしやすい気温になり、池の周囲に植えられたポプラ、柳、スズカケノ木などの梢を涼しい風が吹き抜けていた。

エンヴェルはチャイハネ（茶店）のテーブルにすわり、池を眺めていた。中ほどにアーチ型の橋がかかった大きな池には十六の噴水があり、絶え間なく水音を立てて高さ三メートルほどの朝顔のような形に水を噴き上げている。

イラクによるクウェート侵攻以来、対外経済関係局は、債務返済計画を練り直したり、外貨繰りに支障をきたした国営企業の支援に奔走したり、慌しい日々を送っていた。八月二日に調印される予定だったTMO（トルコ穀物公社）向け五億ドルのシンジケート・ローンは、ダニシュマンが参加銀行を懸命に説得してマンデート返上だけは免れた。しかし、一部の銀行がまだトルコを不安視しており、調印できるかどうかはまだわからない。

湾岸情勢は、日に日に緊迫度を高めている。

イラクはクウェートに傀儡《かいらい》政権を作り、併合を宣言。クウェート内のサウジアラビアとの国境地点で兵力増強を続け、兵員はすでに十二万人に達している。サダム・フセイン大統領は、アラブとパレスチナの大義を掲げて侵攻を正当化しようとしている。

これに対して米国が空母三隻を中心とする海軍機動部隊と、戦闘爆撃機FB111を核とする空軍をペルシャ湾に派遣し、英国も海・空軍を、フランスも空母一隻を含む艦艇を派遣した。スペイン、カナダ、イタリア、オーストラリア、モロッコ、エジプトなどの軍も加わることになった。国連安全保障理事会は、国連の全加盟国に対してイラクとの輸出入取引を禁止する全面的な経済制裁決議案六百六十一号を八月六日に採択し、経済封鎖に踏み切った。トルコは、国境も接する最大の貿易相手国であるイラクに対し、当初、慎重な構えを見せた。しかし、オザール大統領が、自国内を通過し、南東部のジェイハンから地中海に至るイラク原油の輸送パイプラインを閉鎖し、八月九日にアンカラを訪れた米国務長官ジェームズ・ベーカーとの会談で約束された経済支援を見返りに、多国籍軍側につくことを決断した。また、イラクの攻撃に備えて首都アンカラに近い空軍基地のF16戦闘機二編隊を南東部のディヤルバクルに移し、黒海沿岸の基地にあったF4とF104戦闘機もディヤルバクルの南方に移した。

緊迫した国際情勢とは裏腹に、目の前の風景は、いつもと変わらず平和だった。女性は家にいるのが好ましいとされるイスラムの国らしく、公園内には、男たちだけのグループが多い。五、六人から十人くらいの男たちがベンチや木製のテーブルに集まってタバコを吸ったり、チャイを飲んだりしながら、のんびり楽しげに話している。家族連れや若いカップルもちらほらいる。

ニルギュン・エンヴェルは、時おり涼しい風が吹き抜けるチャイハネのテラスで、小さなガラスの器に入ったチャイ（紅茶）を静かに口に運ぶ。

ローマ人を思わせる切れ長の目に、悲しみの色が湛えられていた。

（もし、夫と離婚して、アメリカに行ったらどうなるだろうか……？）

夫婦仲はますます冷え、アンカラ大学政治学部で国際関係論の教授を務める夫は離婚の可能性さえ匂わせるようになっていた。夫は、学生との研究合宿と称して、外泊することも多く、家事や、中学生と高校生の娘二人の教育は、完全にエンヴェル一人の負担になっている。近頃では、若い女性から夫にあてて自宅に電話がかかってくることもある。

夫婦関係は、もはや修復できないところまで来ている。夫は五十一歳で、自分は四十六歳になった。もしこのまま離婚という事態になった場合、気がかりなのは娘たちの教育だ。二人とも穏やかな性格で、厳しいトルコの受験戦争を勝ち抜けるかどうかは難しい。いっそ自分が米国のトルコ大使館勤務を志願して二人を連れて行き、米国で教育を受けさせたらどうかと思う。英語という特技を身につければ、トルコに戻ってきても働き口は色々あるはずだ。

（わたしたちは、いつから駄目になったんだろう……？）

夫と知り合ったのは、財務貿易庁に入って間もなくのことだった。アンカラ大学と財務貿易庁の有志で作っていた勉強会の場で出会った。

夫は、アンカラから二五〇キロメートルほど東にあるアマスヤという町の近郊の貧しい砂糖大根農家の出で、子供の頃は、坊主頭でつぎはぎだらけの服を着て、土にまみれて砂糖大根を収穫していたという。努力家で、懸命に勉強してアンカラ大学に入学し、教授に認められて研究者として大学に残った。しかし、祖父が近代トルコ建国の偉人サドリ・マクスーディー・アーサルで、母親が著名なエトルリア学者で国会議員というエンヴェルの家柄とは比ぶべくもなく、二人の交際に反対する親戚も少なくなかった。若い二人は人目を忍んでゲンチリッキ公園で待ち合わせ、少し寂しい気持ちでひと時を過ごし、結ばれたい一心で、一緒にモスクに祈りに行ったりもした。

幸いエンヴェルの両親、特に母親がリベラルな考え方の持ち主だったので、何とか結婚することができた。しかし結婚後も、サドリ・マクスーディー・アーサルの血は、二人にとって重荷となった。

「俺は、所詮、卑しい田舎の出だ。教授になれたのも、サドリ・マクスーディー・アーサルのお陰なんだそうだ」

教授に昇進して間もない頃、家でラク（茴香《ういきょう》入りの蒸留酒）を飲んで酔った夫は、エンヴェルに対して吐き棄てるようにいった。教授昇任の審査をしたある人物から「きみが教授になれたのは、奥さんの血筋のお陰だ」といわれたのだという。結婚する以前からエンヴェルの家柄に対して劣等感を抱き、それを見返そうと懸命に努力してきた夫は、プライドをいたく傷つけられた様子だった。面長で彫りの深い風貌なので、若い頃から女性の影がちらついていたが、その一件以来、家にいない時間が多くなった。

（彼はわたしと別れたいのだろうか？　それとも、わたしを試そうとしているのか……？）

夫は気が小さい人物で、エンヴェルに対して正面から物をいえないところがある。

エンヴェルは、公園の池から噴き上がる噴水をぼんやりと眺め、幸せだった日々の幻を追った。

公園のすぐ外側に中央銀行の十五階建てのビルがあり、建物の正面に掲げられた大きな横断幕のアタチュルクの肖像画がエンヴェルをじっと見下ろしていた。

（人の心が変わるということは、この世で一番残酷なことかもしれない……）

それはまた、子供の頃から精一杯の勉強や努力をして、何事も立派にやり遂げてきたエンヴェルにとって、愛憎の問題を超えた大きな挫折でもあった。

（せめて母が生きていてくれたら……）

両親が二人とも亡くなり、悩みを相談できるのは、アンカラの中東工科大学で教鞭を執っている妹だけになった。

八月下旬——

但馬は、金融街シティのそばを流れるテームズ川に係留された巡洋艦HMSベルファスト号の甲板で、シャンペングラスを手に、トルコ財務貿易庁対外経済関係局次長セラハッティン・チャクマコールと談笑していた。

二人が立っているのは船尾のデッキで、川の下流に、二つのゴシック塔を持った全長二七〇メートルのタワー・ブリッジが見えている。大英帝国繁栄期の一八九四年に建築された可動式の橋である。

テームズ川は青い水を豊かに湛え、午後の早い時刻の空はすっきり晴れ上がっていた。

HMSベルファスト号は、第二次大戦中に使われていた英国海軍の巡洋艦で、全長一八七メートル、全幅二一メートル。灰色の船体に六インチ砲を十二門、四インチ砲を八門備えている。一九六三年に退役してからは、博物館としてテームズ川にかかるロンドン・ブリッジとタワー・ブリッジの間の岸辺に係留されている。

「……今日は、なかなか面白い趣向だったなあ。軍艦の中で調印式やるなんて、初めてだよ」

シャンペンで顔を赤らめた優男のチャクマコールが、テームズ川岸に小山のように林立する金融街シティのビル群を眺めながらいった。

先ほど、艦内でTMO（トルコ穀物公社）向け五億ドルのシンジケート・ローンの調印式が終わった。場所は第二デッキ（甲板）にある元上級士官室だった。天井は低いが、色鮮やかな青いカーペットが敷かれ、四方の壁に海戦を描いた油彩画が飾られた高級感ある一室である。

調印式のあと一同は、第五デッキまである艦内を観て回った。ワインセラーのように壁一面に四インチ砲の銃弾が収められた弾薬室、時計店のように丸いメーターだらけの機関室、水兵たちが寝るハンモックを吊るした生活区など、珍しいものばかりだった。

「この巡洋艦はトラスト（財団）が所有していて、維持費稼ぎのために会議室や食堂を貸し出したりしているんだそうです。結婚式場としても相当人気があるらしいですよ」

但馬はバンカーらしくダークスーツを着て、グリーンの絹のネクタイにグリーンのポケットチーフをしていた。

周囲では、調印式に参加したバンカーやTMOからの出席者たちが、グラスを手に談笑していた。皆、ほっとした雰囲気である。

「この案件は、一時はすったもんだして、どうなるかと思ったが……。終わりよければ、すべてよしってところだなあ」

チャクマコールが、縁なし眼鏡の両目を細める。

イラクのクウェート侵攻で、いったん棚上げになったTMO向けのシンジケート・ローンは、財務貿易庁が国の状況について懸命に説明し、この日、ようやく調印に漕ぎつけることができた。

「ところで、あんたのレポートはよくできてたなあ。俺たちも読んで、ほかの銀行を説得するために使わせてもらったよ。うん、あれはよく調べてあった」

チャクマコールが、感心しきりといった表情でいった。

「いや、それほどでも……。わたし自身、今回の紛争でトルコは大きな悪影響を受けるはずはないという直感があったので、データの裏付けをとって、まとめただけです」

レポートはスーザンと手分けして情報収集し、巽や若園のアドバイスを受けながらまとめた。

「いやいや。やはり普段からしっかり勉強しているから、いざというとき、ああいう的確な分析ができるんだろう」

但馬が書いたのは、トルコのカントリー・リスクに関する英文で二十ページあまりの分析レポートだった。TMOの案件にいったん待ったをかけてきた国際審査部を説得するために書いたものだったが、日頃親しくしているいくつかの銀行も同じように審査部を説得するのに手こずっていたので、英文に訳して参考資料として渡してやった。それがトレジャリーの手に渡ったようだ。

ベルリンの壁崩壊以降、東西緊張の緩和でNATO（北大西洋条約機構）の南翼を担うトルコの重要性は低下傾向にあったが、但馬は、今回の紛争でトルコの地理的・軍事的重要性が見直され、西側諸国による対イラク制裁の鍵を握る立場に立ったと考えた。

分析レポートでは、イラクとトルコが戦火を交えることはほぼ一〇〇パーセントないと予測した。トルコは、イラクの三倍の五千二百万人あまりの人口と男子皆兵制による六十五万の兵力を擁するNATO第二位の軍事大国だ。ペルシャ湾岸で多国籍軍と対峙しているイラクにとって、国の背後に位置するトルコと戦線を開くことは自殺行為だ。また、仮にトルコを攻撃すれば、NATO憲章に規定されている「集団的自衛権」（加盟国の一国に対する攻撃は、NATO全体に対する攻撃とみなす）を発動され、NATOを敵に回すことになる。

レポートでは続いて、今回の湾岸紛争におけるトルコの金銭的損得を予測した。損失は、①原油価格上昇による原油輸入額の増加が年間で八億五千万ドル、②イラク原油のパイプラインの通過収入（月額五百万ドル）や国境を越えた運送業の減少による輸送関係の損失が五億七千万ドル、③観光客の減少による観光収入の減少が四億ドル、④イラクやクウェートといった中東諸国で建設工事を請け負っている建設業者の損失が六億一千万ドル、⑤イラク向け債権の焦げ付きが七億六千万ドル、その他と合計して総額四十三億一千万ドルのマイナスと予想した。

これに対して、収入が、①サウジアラビアからの原油供与の形での援助が十一億六千万ドル、②クウェートからの贈与が九億ドル、③日本からの円借款が六億千八百万ドル、④EC

委員会からの借款が二億四千三百万ドル、その他と合計して総額で三十七億四千百万ドルに達する。

結論として、トルコの損失は五億六千九百万ドルという軽微なもので、国の信用状態はほとんど変わらないと考えられた。

これら以外にも、米国がとりまとめる予定の「湾岸危機周辺国支援ファンド」からの援助、サウジアラビアから防衛力整備の目的で、先の原油の供与以外に、今後五年間に総額十億ドル程度の援助（やはり原油供与という形で）、米国やＥＣへの繊維製品輸出枠の拡大、百六十機に及ぶＦ16戦闘機のトルコにおけるノックダウン生産等が打ち出されており、湾岸紛争に関するトルコの損得勘定はプラスといってもよい。

「ところで、今回の紛争で、トレジャリーのほうでは、仕事にどんな影響が出ました？」

シャンペングラスを手にした但馬が訊いた。

「そりゃもちろん、外貨繰りにも影響が出たし、西側各国からの借款を受け入れるための契約交渉なんかもあるが……。まあ、個人的な感想をいわせてもらえば、格付けの取得が遅れることになったのが、一番残念なことだなあ」

日本のトルコ大使館にも勤務したことのある日本贔屓《びいき》のチャクマコールがいった。

「そういえば、格付けの取得手続きをされてたんですねえ」

「うん。S&P（スタンダード&プアーズ）が勝手格付けをやるっていってきたもんだからさ」

そういってチャクマコールは、シャンペンのグラスを口に運ぶ。柑橘系の香りがするローラン・ペリエの辛口である。

「インベストメント・グレード（投資適格）の格付けをとれば、色々な市場で債券を発行できるようになりますからね」

トルコのことをよく知らない投資家でも、格付けを頼りに投資できるようになる。

「そうなんだよ。……ところが、今回の紛争で国が普通の状態じゃなくなったもんだから、S&Pには、状況がノーマルになるまで待ってくれと頼んで、オーケーしてもらったよ」

チャクマコールの言葉に、但馬はうなずく。

「ヘイ、ガイズ、ハウ・アー・ユー・ドゥーイング？（諸君、調子はどうかね？）」

突然、二人の背後で、雷のように大きなアメリカ訛りの英語の声がした。

東西銀行ロンドン支店で国際金融担当次長を務めているバリー・ゴールドスタインだった。

「バリー、こちらはトルコのトレジャリーのミスター・チャクマコールだ」

但馬は内心、ゴールドスタインが相手に失礼な態度をとらないか心配しながら紹介する。

去る四月に財務貿易庁を訪問したときも、ゴールドスタインは壁に飾られていたケマル・

アタチュルクの肖像画を見て、「あれは、財務貿易庁の長官か何かかね?」と訊き、エンヴェルらの顰蹙《ひんしゅく》を買った。

オフィスでも英国人の部下たちを怒鳴り散らし、法務部の社内弁護士やローン管理課の英国人マネージャーなどともしょっちゅう衝突している。先日は、東西銀行と貿易金融取引(イランへの輸出)をやっているアイルランドの精肉企業からワインが半ダース贈られてきたので、コンプライアンス(法令遵守担当)オフィサーから「英国のFSA(金融サービス機構)の規則で、取引先からの贈り物については、報告しなければならない」といわれ、「ワインなんて水みたいなもんだろう? 何でこんなもの、いちいち報告しなけりゃならんのだ!?」と食ってかかっていた。

その一方で、マンデート獲得への熱意や市場動向を読む能力、シティにおける人脈などは並外れており、国際金融課の右肩上がりの業績の原動力になっている。また、支店の英国人の幹部クラスとは仲が悪いが、社内郵便係やテレックス・ルームで働いている、いわば下層スタッフには心を配っており、件《くだん》の半ダースのワインも、気前よくテレックス・ルームで働いている中卒の英国人たちに進呈した。ある意味で、但馬と同じ不器用な猪突猛進型である。

「そういえば、あんた、さっき挨拶していたよな」

身長一九六センチのゴールドスタインは、チャクマコールを見下ろしていった。

どうやら相手が財務貿易庁の幹部だとわかっていない様子である。

「今回の湾岸紛争で、トルコも一時はどうなるかと思ったが、まあ、結構大丈夫そうで、よかったじゃないか」

「ええ、まあ、皆さんの支援のお陰で、大きな問題もなく行けそうな感じですよ」

チャクマコールは丁重に応じたが、この男はいったい何者なんだと思っている様子。

（まったくバリーは、物のいい方をもうちょっと考えられないもんかなあ……）

心の中で嘆息したとき、かたわらに日本人がやって来た。西海銀行ロンドン支店でトルコを担当している日本人マネージャーで、但馬が組成する案件によく入ってくれるお得意さんだ。

但馬は二人から離れ、西海銀行のマネージャーと話し始めた。そのうち、オランダのラボバンクのオランダ人が話の輪に加わり、しばらくトルコや中近東情勢の見通しやシ・ローン市場の情報交換になった。

しばらく三人で話したあと、但馬は下のデッキにあるトイレに行った。

用を足して甲板に戻ってくると、チャクマコールが正面から足早に近づいてくるところだった。手に書類鞄を提げているので、どうやらホテルに帰るらしい。

「ミスター・チャクマコール、アー・ユー・ゴーイング・バック・トゥ……」

声をかけると、チャクマコールは怒ったような硬い表情で但馬を一瞥《いちべつ》して小さくうなずき、かたわらを無言で通り過ぎた。

（ん？　何かあったのか……？）

チャクマコールは、人一倍冗談が好きで、ざっくばらんな性格だ。ろくに辞去の挨拶もせずにこわばった顔で去っていくのは、いかにも異常だ。

（もしかして、バリーが、何か変なことでもいったのか……？）

嫌な予感がして、船尾のほうにいるゴールドスタインのほうに視線をやると、黒縁眼鏡をかけた大柄な米国人は、マニュファクチャラーズ・ハノーバー銀行のシンジケーション部門のヘッドとワインを飲みながら、大声で笑っていた。


数日後——

但馬は、東西銀行ロンドン支店のオフィスで仕事をしていた。

デスクの上には、厚さ一〇センチほどのファイルが載っていた。イラクのクウェート侵攻以来、様々な雑用が発生したので、「イラク・クウェート関係」という専用ファイルを一冊作ったが、すでに一杯で、二冊目が必要になっていた。ファイルには、国連の対イラク制裁決議にもとづいてイラクとの取引を禁止する日本の通産省の通達や、英国にあるクウェート関連資産を凍結するとしたバンク・オブ・イングランドの臨時立法の条文、ロンドン支店長名で本店に出した湾岸情勢に関する報告書、新聞記事や石油関係のレポートなど、ありとあらゆる書類が綴られていた。

この日は、取引先の総合商社・五井《いつい》商事から問い合わせがあった中近東の二つの銀行の信用状態について調べた結果をまとめていた。バーレーンのガルフ・インターナショナル銀行とヨルダンのアラブ・バンクが発行したＬＣ（輸入信用状）で繊維製品などの輸出を行っている五井商事が、両行の信用状況について情報を求めてきたのだった。

レポート用紙にシャープペンシルを走らせていると、机上の電話が鳴った。

「ミスター但馬。アル・スウェイディという方からお電話が入っています」

支店の受付兼電話交換係の英国人女性がいった。

「えっ、スウェイディ？」

「アブダッラー・アル・スウェイディさんという男性の方です」

「ええっ、本当!?」

東西銀行ロンドン支店が一千万ドルの融資をしているコマーシャル・ファシリティーズ社というクウェートの消費者金融会社の社長である。イラクが侵攻して以来、クウェートは電話もテレックスも不通で、会社がどういう状態で、社員がどこにいるかもまったくわからない状況が続いていた。

「ミスター但馬、お久しぶりです」

少し巻き舌がかった品のよいクイーンズ・イングリッシュが受話器から流れてきた。

アル・スウェイディは、クウェートのサバーハ首長家に連なる四十歳そこそこの人物で、高校から大学まで英国で教育を受けた。

「ミスター・アル・スウェイディ！　ご無事だったんですね！　今、どちらにいらっしゃるんですか？」

「ロンドンに来ています。イラクがクウェートを侵攻したとき、スイスで休暇をとっていて、今も家族と一緒にローザンヌに滞在しています」

ローザンヌは、レマン湖に面した風光明媚な町で、ＩＯＣ（国際オリンピック委員会）の本部があり、世界の富豪たちの別荘が集まっている。

「できれば明日、東西銀行にご挨拶に伺いたいのですが」

「心から歓迎いたします。何時にいらっしゃいますか？」

「午前十一時頃だと都合がいいのですが」

「結構です。お待ちしています」

但馬は電話を終えると、ただちに上司であるゴールドスタイン、副支店長の古沢、バーレーン支店長の太刀川利夫に、スウェイディ来訪の件を伝えた。

紛争地域で危険だということで、ロンドンに避難してきた太刀川は、国際金融課より一つ下の三階の片隅にデスクを与えられ、仕事をしている。仕事といっても、湾岸情勢に関するレポートの作成や会議に出るだけで、やることはあまりない。

一緒に、守口という太刀川の腰巾着の日本人も避難してきていた。但馬より三年次下で三十二歳の守口は、バーレーン支店の支店長代理だ。出張したときに何度か会ったが、空港に到着した但馬のスーツキャリアーバッグを受け取ると自分の肩にかけ、いかにも大儀そうに身体を斜めに傾けながら、せかせかと車のトランクに詰め込み、バーレーン人の運転手を叱り付けながら車を走らせていた。

「何、コマーシャル・ファシリティーズの社長がロンドンに現れただと⁉ そうか！ よーし、うちの債権をいったいどうしてくれるつもりなのか、問い詰めてやろうじゃないか」

太刀川は、贅肉たっぷりの土色がかった顔の両目をぎらぎらさせた。

「いや、しかし……」

但馬は、いきり立った相手に不安感を抱く。

「向こうは、今、国を失った流浪の身ですから、返済どころじゃないと思います」

「何をいっとるんだ、きさまは！」

枇杷《びわ》の実のように太った太刀川はドスの効いた声を張り上げる。

「うちの一千万ドルの債権回収がかかっとるんだぞ！　真剣にやれよ、真剣に！　だいたいあの融資は、きさまがやったんだろうが！」

「確かに、わたしがやりました」

但馬はむっとした顔で答えた。

コマーシャル・ファシリティーズ社を探し出して交渉し、融資を実行したのは但馬である。ただし、当然支店長や国際審査部の承認を受け、組織として行なったことだ。

「回収についても、責任を感じています。しかし、今、相手に返済を迫ったり、あるいは返済計画について問い質しても、あまり意味がないと考えます」

「意味がないだとぉ？　何をいっとるんだ、きさまはぁ！」

敵意のこもった険しい視線を但馬に浴びせてくる。

「わたしは、こういう非常事態にわざわざ挨拶に来てくれるだけでも、アル・スウェイディ社長の誠意を大いに感じます。話の流れで自然であれば、返済についてどう考えているか程度は触れてもいいとは思いますが、むしろ今は相手を刺激せず、温かく迎えることが第一だと思います」

「温かく迎えて、金が返ってくるとでもいうのか？」

「それがわたしのシナリオです」

コマーシャル・ファシリティーズ社はクウェート政府が過半数の株式を所有する準ソブリン企業で、政府からの支援もあり得ると但馬は踏んでいた。

「クウェート関係の在外資産は、各国の金融当局の指示でほとんど凍結されており、コマーシャル・ファシリティーズ社は、返済したくてもドルを動かすことができません。返済の可能性が出てくるのは、イラクがクウェートから撤退し、資産凍結が解除されたときです」

「イラクがいつクウェートから撤退するっていうんだ、ああん？」

「早ければ数ヶ月以内、遅くとも一年以内と考えています」

「ほーう……ずいぶんと自信があるじゃないか。ブッシュ（大統領）やサッチャー（首相）でもよういわんことを、あんたはいうわけか？」

顎をしゃくり、粘着質な視線を浴びせてくる。

「いずれにせよ、中近東案件の責任者は俺だ。お前の不始末の尻拭いも、俺にかかってきとるんだ。……わかっとるんだろうな？」

「ご迷惑をおかけしますが、よろしくお願い致します」

これ以上議論しても、ますます角が立つだけだと思い、不快感をこらえて頭を下げた。

翌日——

アブダッラー・アル・スウェイディは、約束の時刻に東西銀行ロンドン支店に姿を現した。面会したのは、古沢、ゴールドスタイン、但馬、太刀川の四人だった。

灼熱のクウェート市内のオフィスで会ったときは、グトゥラと呼ばれる両頬が隠れるほどの長さの白い布を頭にかぶり、ダシュダーシャという足首までゆったり覆う白い民族衣装を着ていたが、この日は仕立てのよいダークスーツを着てネクタイを締め、ヨーロッパ人ビジネスマンのようにこざっぱりしていた。

首長家に連なる血筋を持ち、四十歳そこその若さで準国営の消費者金融会社の社長を任されているだけあり、贅肉の少ない浅黒い顔の両目は聡明さと気品を湛えている。しかし、約一ヶ月に及ぶ放浪生活と、将来の見通しが立たない日々はさすがにこたえているようで、全身に疲労感と焦燥感が色濃く滲み出ていて、話す言葉も途切れがちだった。

アル・スウェイディは、イラクが侵攻した直後にローザンヌからクウェートにいる社員に電話をかけ、債務者との契約書等重要書類を紛失せぬようクウェート市内の数ヶ所に分けて保管させたという。但馬は、この大変なときによくやっていると感銘を受けた。わざわざ東西銀行を訪ねて来たこと自体、並々ならぬ責任感だ。

（今、東西銀行が債権回収のためにできることは何もない。しかし、もし事態が好転してイラクがクウェートから撤退するようなことになれば、政府がコマーシャル・ファシリティーズ社の債務を肩代わりしてくれる可能性がある。今は、それに賭け、そのときのために少しでもアル・スウェイディの心証をよくしておくべきだ）

古沢とゴールドスタインも同じ考えらしく、一千万ドルの融資債権のことには一切触れず、ヨーロッパで休暇中だったお陰で難を逃れたアル・スウェイディ一家の幸運を祝福し、必ずやクウェートは解放されると励まし、その日が来るまで困ったことがあったらいつでもいってきてほしいと助力を申し出た。

温かい対応に、翳《かげ》りがちだったアル・スウェイディの表情は柔らかくほころんだ。

唯一、太刀川だけは終始不機嫌で、まったく迷惑この上ないといった眼差しを相手に注いでいた。しかし、年次も職位も上の古沢がいたので、場の雰囲気を悪くするような発言はしなかった。

2

九月中旬――

サハリン島中部とほぼ同じ緯度にあるロンドンの短い夏は終わり、街にははや秋風が吹いていた。

湾岸地域では、駐留米軍の地上兵力が十三万五千人に膨れ上がり、日々訓練が激しさを増している。一方イラクは、イラン・イラク戦争後も国境問題を巡って和平交渉が難航していたイラン側の主張を全面的に受け入れ、同国との国交を回復した。自国の前庭であるペルシャ湾を米艦隊が我が物顔で航行するのを苦々しく思うイランは、イラクのクウェート併合を非難する一方、湾岸地域における外国軍隊の展開にも非難の矛先を向けている。

「……まったく、あのニルギュン・エンヴェルって女には参るぜ」

でっぷりと太った身体を襟が白いクレリックシャツに包み、サスペンダー付きのズボンをはいたワグディー・ラッバートが英語でぼやいた。マンハッタン銀行のロンドン投資銀行部でトルコを担当している中年のエジプト人だ。

「マンハッタンはトレジャリーを出入り禁止になったっていうのは、本当なのかい？」

食後のコーヒーをすすり、但馬が訊いた。

二人はバンク駅から東の方角に延びるコーン・ヒル通りから一本入った路地の奥にある「シンプソンズ」という古いレストランで昼食をとっていた。一七五七年創業の英国料理店で、天井からスズランの花のような形のランプが、オレンジ色の光を降り注いでいる。椅子は、高い背凭《せもた》れが付いた木製・六人掛けの長椅子で、たいてい見知らぬ人と相席になる。壁には、セピア色の古いロンドンの写真や昔の従業員一同の写真が飾られ、スーツ姿のバンカーや保険のブローカーたちが昼間からビールやワインを飲みながら食事をしている。

「いや、彼女はそこまではやらんさ」

白髪混じりのちぢれた頭髪で、丸い眼鏡をかけたラッバートは、慣れた様子で葉巻をカッターで切る。

「トルコが常に金を必要としていて、マンハッタン銀行がトルコ物を大量に引き受けられることもエンヴェルはよくわきまえている。……まあ、俺たちに一度、灸をすえたかったんだろう」

そういって口をすぼめ、ハバナ産の葉巻を美味そうにふかす。一〇〇キロくらい体重があるが、美食とブランデーと葉巻を止《や》めるつもりはないらしい。

「まったく、あの女さえいなければ、もうちょっと楽に商売ができるんだが……糞ったれめ！」

ラッバートは、去年七月に二億ドルのマンデートを剝奪された以外にも、融資の条件を巡ってしょっちゅうエンヴェルと衝突しており、相当忌々しく思っている様子である。

「ところでワグディー、今、トルコの短期物をマーケットに出したら、どうなると思う？」

短期物とは一年以内の案件のことだ。

「ほう……。何か案件を考えているのか？」

丸い銀縁眼鏡の目がきらりと光る。

「まあ、できたら何かやりたいんだが……」

但馬はポーカーフェイスで答える。相手は生き馬の目を抜く市場のライバルだ。

「そうか……。しかし、今の状況じゃ、不可能に近いだろう。トルコや中近東物に対しては、湾岸紛争の決着が着くまでは、市場は様子見だ」

イラクのクウェート侵攻以来、国際金融市場ではトルコや中近東向け融資案件がぱったりと途絶えている。唯一例外的に行われているのが、一件数十万ドルから百万ドルくらいかつ期間は六ヶ月とか九ヶ月といったごく短期の貿易金融（LC確認や輸出前貸し）で、ドイツやベルギーのハイリスク・ハイリターン志向の中小銀行が高額な手数料をとってやっている。

「うちもこれまで様子見してきたが、ペルシャ湾岸諸国はさておき、少なくともトルコに関しては、今回の紛争でカントリー・リスクはそれほど悪化しないと考えている」

但馬がいった。

「なるほど」

ラッパートは葉巻をふかし、思案顔になる。

「あんたが書いたレポートは読ませてもらった」

但馬の心中を見透かすようにいった。

「確かに、理屈でいえばあんたの分析のとおりだろう。ただ、マーケットを動かしているのは、理屈だけじゃない。……ここだ」

そういって、葉巻を手にした手の親指で、自分の心臓のあたりを指差した。

「バリーも反対してるんじゃないのか？」

「反対じゃないが、極めて懐疑的だ」

国際金融担当次長のバリー・ゴールドスタインも、先頭切ってトルコ向け融資を再開するのは止めておけといっている。しかし但馬は、正しい理屈で市場参加者たちを説得できるのではないかという考えを捨て切れない。


数日後――

但馬は、カラデニツ銀行向けの五千万ドル（期間一年）のシンジケート・ローンの稟議書を国際審査部に提出した。

ロンドン支店から稟議書が届くと、国際審査部は当然のことながら「よりによって、なぜこんな時期にトルコ向けシ・ローンなんかやるんだ!?」と猛反対してきた。

　但馬は、トルコは今回の湾岸紛争で一時的に国際収支が悪化するかもしれないが、西側諸国や湾岸産油国からすでに多額の援助金が約束されており、今後一年以内にデフォルトする可能性はほとんどなく、またNATO（北大西洋条約機構）の一員であるため、イラクがトルコを攻撃することはあり得ないと繰り返し説明した。

　一週間にわたる激論の末、最後は大門国際審査部長が決断し、引受額を五千万ドルから三千万ドルに減額するという条件で、稟議書は承認された。

　続いて但馬らは、市場参加者の意向を聴き取る「サウンディング」を行った。普通の状況であれば、最近の類似案件をベンチマーク（基準）に、引受方針やプライスを決めればよいが、湾岸紛争の発生以来トルコ・中近東物が市場に出てきていないため、市場参加者たちが今何を考えているのか想像のつけようがない。

「サウンディング」は、借り手の名前を明かさずに、凡その融資条件を伝え、相手の考えを聴く。借り手の名前を明かさないのは、他の銀行にマンデートをさらわれる危険性をなくすためだ。

「オゥ、ハーイ。お久しぶりですね。実は今、トルコ向けの一年のシ・ローンの組成を考えているんですが、ご意見をお聞かせ願えませんか？　ボロワー（借り手）はトルコの大手民間銀行です。プライスは、オールインでLIBORプラス〇・九パーセント前後を考えています。いかがでしょう?」

湾岸紛争発生前、トルコ向け一年物のスプレッド(上乗せ幅)は〇・四〜〇・六パーセントまで下がっていたが、もはやこのプライスでのシ団組成は不可能だ。

但馬とスーザンは三日間かけて世界中の銀行約五十行のトルコ向け営業やシンジケーションを担当している人々に電話をかけた。その結果、多くの銀行がトルコ向けは当面中止、ないしはトルコのカントリー枠は一杯で新規案件はできないという回答だったが、条件次第ではやれると答えた銀行も少なからずあった。

九月の終わり——

但馬、ゴールドスタイン、スーザンの三人は、国際金融課のフロアーの小会議室で話し合いをした。各自の手元には、「サウンディング」の結果に関するスーザンのメモが置かれていた。

ファースト・ガルフ銀行(UAE)〈トルコはプライス次第(最低一パーセント程度)で一年までやる〉

ラボバンク（蘭）〈トルコ向けは今もやっている。案件次第で一年超も可。ボロワーの名前が知りたい〉
パキスタン国立銀行〈プライスはL＋〇・九〜一パーセントでOK。紛争動向には注意している〉
ハビブ銀行（パキスタン）〈トルコ向けカントリー枠はきつい。L＋一パーセント以上はほしい〉
サンパオロ・ラリアーノ銀行（伊）〈カントリー・リスクは高いと思うが、L＋一パーセントならたぶんできる〉
バンコ・デ・フォメント・ナショナル（葡）〈トルコ向けはむしろ増やすつもり。プライス水準もL＋〇・九パーセントで問題ない〉
サン・シメオン銀行（米）〈スプレッドは最低一・二五パーセントほしい〉
知性を感じさせる、細い手書きの英語のメモのところどころに、「merged with Credito Italiano？（この銀行はクレディト・イタリアノ銀行と合併した？）」、「No English Spoken！（誰も英語を話さない！）」といったユーモラスな書き込みもされていた。「サウンディング」では、英語が上手くないイタリア、フランス、スイスのフランス語圏、スペインなどの銀行とも話さなくてはならないので苦労させられる。地方の銀行の場合、電話交換手が英語を話さず、担当者に辿り着けないこともある。

三人は選挙運動員の票読みのように、集めたコメントを分析し、参加予想額を積み上げていった。各銀行のサイズなどから予想される参加額を見積もり、発言の強弱によってその二分の一とか三分の一を積み上げていく。その結果、一年物でLIBORプラス一・一二五（一加八分の一）パーセントあれば、三千五百万ドルは集められそうだという見通しが立った。

しかしゴールドスタインが、今は未曾有の事態なので、より慎重に対処すべきだといい、結局、二千五百万ドルの引受けでボロワーと交渉することになった。

同じ頃――

アンカラのミトハト・パシャ通り十八番地にあるトレジャリーの会議室を二人の人物が訪れていた。古い布張りのソファーで来客を迎えたのは、対外経済関係局長のダニシュマンと資本市場課長のニルギュン・エンヴェルだった。

「……わたしらの業務を円滑に遂行するため、是非とも前向きな検討をお願いしたいところですな」

白髪で額が広く、白い口髭をたくわえた年輩の男がいった。トルコ砂糖公社（Türkiye Seker Fabrikalari A.Ş.）で会長を務めているユナル・チェリクであった。年齢は六十代前半で、腰が低く飄々とした話し振りだが、清濁併せ呑む油断のない光が両目の底に湛えられている。

古いシャンデリアが光を降り注ぐ応接室の壁には、タキシード姿のケマル・アタチュルクの肖像画が掛けられていた。

「工場建設と運転資金調達のご趣旨については理解しましたが、この時期に一億ドルという額は、おいそれとは準備できかねます」

ダークスーツを着たダニシュマンが、だみ声でいった。

トルコ砂糖公社は従業員三万人を擁する巨大国営企業で、農民から砂糖大根を買い上げ、砂糖に精製して国内に供給している。傘下に二十七の製糖工場のほか、四つのアルコール工場と五つの機械修理工場を持つ。

「湾岸紛争で、トルコの銀行の資金繰りに余裕がなくなり、農民に対する貸し渋りが起きています。この一億ドルは砂糖大根農家、ひいては国民生活にとって、必要な資金なのです」

チェリクの隣りにすわった、ふっくらとした童顔の女がいった。ボスポラス大学経済学部教授で野党正道党の副党首を務めるアイシェ・ウズギュンだった。年齢は四十四歳である。

「一定の必要性がある資金であることは、わたしどもも理解しました。ただ、これは元々国家計画庁に認められたプロジェクトではありません。現下の厳しい外貨繰りの中で、政府の資金でファイナンスするというのは、相当難しい話だと思います」

ニルギュン・エンヴェルがいった。

ソファーの向かいにすわった二歳年下のウズギュンの妙に赤い口紅に道徳観の欠如が表れているようで、不快感を覚えていた。

「あなたがたお役人は、あれができない、これができない、国の当初の計画にないといっていれば事が済むかもしれないけれど、農業はトルコの基幹産業ですよ。ここのところ、わかっておられますか？」

淡いピンクのスーツを着たウズギュンが、アーモンド形の両目で二人を睨みつけた。

三十分後——

「……やっと帰ったな」

エレベーターの前で、チェリクとウズギュンを見送ったダニシュマンがやれやれといった顔をした。

「しかし、いったい誰があいつらに来ていいっていったんだ？」

「アイドゥンよ」

固太りの身体をグレーのスーツで包んだエンヴェルがいった。

アイドゥン・ユルマズはエンヴェルの部下で、ハーバード大学ロースクール出の青年だ。

「相手が正道党の経済担当副党首なので、面談しなけりゃいけないと思って、アポイントメントを入れたそうよ」

「そうか……」

ダニシュマンが、大きな掌《てのひら》で悩ましげに顔をこする。

「あいつは頭がいいが、人にいわれると断れない性格なんだよなあ」

「まあ、それがアイドゥンの美点でもあるんだけど」

「まあな」

窓から薄暗い廊下に差し込む茜色の秋の光の中で、小さな埃がゆっくりと舞っていた。

「しかし、チェリクとウズギュンは、どこでつながってるんだ？」

「さあ……？　あの女の金と権力に対する嗅覚は相当なものだから、きっと色々な人脈を持っているんでしょう」

ウズギュンは米国の土地を買い漁ったり、夫が頭取を務めるイスタンブール銀行がウズギュンの会社に融資をした挙句に破綻したりするなど、腐敗臭がつきまとっている。

「だいたい売り上げが年二億ドルくらいの砂糖公社が、なんで急に一億ドルもの設備資金や運転資金が要るんだ？」

「たぶんウズギュンにコミッションなり何なりが行くんでしょうけど……。あんなのが、野党第二党の副党首だっていうんだから、世も末よね」

3

十月上旬──

東西銀行ロンドン支店国際金融課のオフィスで、腰の高さほどのテレックス・マシーンが身を震わせるようにしてテレックスを打ち出していた。

（果たして勝負は吉と出るか、凶と出るか？）

但馬は固唾《かたず》を呑む思いで、続々と打ち出されていくインビテーション（参加招聘）テレックスを見つめていた。

カラデニツ銀行向け二千五百万ドルのシ・ローンがローンチ（組成開始）されたところだった。

参加手数料は〇・五パーセント、金利はＬＩＢＯＲプラス〇・七五パーセント、オールインで一・二五パーセントという厚いプライスが支払われる。

「サウンディング」の結果にもとづき、二千五百万ドルの引受けで行く方針を決めたあと、カラデニツ銀行に対して融資の提案書を送り、マンデート獲得交渉をした。

湾岸紛争の影響で外国銀行から資金枠を削られていたカラデニツ銀行側に否《いな》やはなかった。過去、シンジケーションの組成に失敗したことがない但馬への信頼も篤く、すぐにマンデートが与えられた。

但馬らはただちにインフォメーション・メモランダム（略称・インフォメモ）の作成に取りかかった。インフォメモは、参加に興味を示した銀行に送る英文の冊子である。普通A4判で三十〜四十ページで、融資条件、借り手の概要や財務内容などを記載する。しかし今回は、ロンドン支店のエコノミストなどの助けを借りて六十ページのものを用意し、トルコの今後三年間の国際収支の予想、西側と湾岸産油諸国が表明している援助の一覧、NATOの集団的自衛権の説明とNATO憲章の該当部分など、カントリー・リスクについても入念に解説した。

（普通の状況なら、三百本もインビテーションを出せば組成は可能なんだが。……何とか売れてくれよ）

但馬は祈るような気持ちで、幅約二一センチ、長さ約一・二メートルのテレックスが休む間もなく打ち出されていくのを見つめた。

ファースト・ウェーブ（第一陣）は六百本である。

ローンチ後まもなく、ロイター端末の緑色のスクリーンに白い文字で〈東西銀行、湾岸紛争発生以来初のトルコ向けシンジケーションをローンチ。ボロワーはカラデニツ銀行で総額二千五百万ドル、期間一年、手数料は……〉とニュース速報が流れた。

市場はこのディールに注目している。是が非でも成功させなければ、東西銀行もカラデニツ銀行も名前に傷が付く。

滑り出しは順調だった。

シ団組成が上手くいくかどうかは、参加招聘テレックスを受け取った銀行から来るインフォメモの請求件数によって、ある程度予想がつく。

請求は、ローンチ後一週間で五十二件もあった。

市場の不文律として、インフォメモは、案件に参加する意思がある場合にのみ請求するもので、単なる情報収集や興味本位で手に入れようとするのはプロとして恥ずべきこととされている。したがって、請求した銀行が三行あれば、そのうち一行か二行は最終的にその案件に参加してくるのが普通である。但馬らは期待に胸を膨らませた。

ところが、ローンチから二週間が過ぎても、参加コミットが一つも入ってこない。

（そろそろ四つや五つの銀行からコミットメントが入ってきてもいい頃なんだが……）

さらに一週間待ったが、やはり一つも参加コミットがない。

「これはただごとじゃないぞ」

ゴールドスタインが不吉な予感に表情を曇らせた。

「とにかく、インフォメモを請求してきた銀行に、どうなっているのか事情を聴こう」

三人で手分けして、全部の銀行に電話をかけた。

その結果、市場の反応は極めて不芳であることが判明した。

どの銀行も、「やはり紛争が解決するまで様子見しろと審査部にいわれまして」、「シンジケーションに参加するより、顧客との直接のビジネスにカントリー枠を使う方針に変わった」、「トルコは基本的に六ヶ月までしかやらない」、「カラデニツ銀行よりいいトルコの銀行がもっといいプライスを払ってくれる」と様々な理由を挙げ、参加を断ってきた。事前のサウンディングに対し、「トルコ向けはむしろ増やすつもり。プライス水準もL＋〇・九パーセントで問題ない」と話していたバンコ・デ・フォメント・ナショナル（葡）にいたっては「カントリー枠が一杯」と、前言とまったく整合性のない理由で断ってきた。

ただならぬ事態に直面し、但馬らは、慌ててセカンド・ウェーブ（第二陣）のインビテーション約三百本を発信した。国際金融市場で過去にトルコ向け融資に参加したことがある銀行の数は約八百なので、この時点でそれらすべての銀行を網羅したことになる。

但馬らは、朝から晩まで電話にかじり付き、声を嗄《か》らして、参加の可能性がありそうな銀行の説得を続けた。

しかし、参加する銀行は皆無だった。

インフォメモを請求してきた銀行の半分は、営業担当者は前向きだったが、本店の審査部が頑として参加を認めず、残り半分は参加する意思など端からなく、単に東西銀行が苦労してまとめ上げたトルコのカントリー・リスク分析レポートがほしかっただけだった。

(非常事態のときは、プロとしてのプライドも、マーケットの仁義もないということか……)

裏切りに対する憤りや、読みを誤った悔しさ、初めてシンジケーションに失敗する敗北感が綯《な》い交《ま》ぜの中、但馬は歯を食いしばって参加見込み銀行の説得を続けた。

ローンチから四週間後、一縷の望みをかけた最後のサード・ウェーブ約三百本が発信された。

しかし市場は、トラブゾンで見た鉛色の黒海のように沈黙したままだった。

最後のインビテーションを打ち出すテレックス・マシーンの音が、但馬には、断末魔の呻きのように聞こえた。

十一月上旬――

晩秋の大気が冷たい朝七時四十分頃、但馬はロンドン・ヒースロー空港三番ターミナルからトルコ航空一九八二便に乗り込んだ。

湾岸紛争の発生以来、トルコも危険地域と見なされるようになり、旅行客の数はめっきり減っている。ビジネスクラスには、アンカラ経由でイラク北部まで行く国際機関の職員二人と、トルコ人実業家夫妻一組が乗っているだけだった。国際機関の職員は、イラクのクルド人地域の難民救済の仕事に行くという。

午前八時二十分頃離陸するとまもなく、朝食のトレーが運ばれてきた。小さ目のシミット（香ばしい丸パン）、オリーブ、ヨーグルト、オムレツ、チーズ、キュウリ、トマトといったトルコ風だった。

（いったいどうしたものか……）

欧州の上空を東南東の方角へ飛び続ける機内で朝食をとりながら、但馬は、疲れが澱《おり》のように淀んでいる頭でぼんやり考える。

シンジケーションに失敗した以上、フルアンダーライトした二千五百万ドルは、東西銀行が耳を揃えてカラデニツ銀行に融資しなくてはならない。

おそらく岡本審査役は「それ見たことか」と、今後一年間くらいはトルコ物の引受けをやらせてくれないだろう。自分が担当している地域のビジネスの半分はトルコ向けなので、大きな打撃になる。また、年明けの一月には経営職階である参事補への昇格を控えている。巽、若園という強力なライバルがいるので、ここで大きな失点はしたくない。

(米銀であれば、組成に失敗してもいったん自分で抱えて、損切りできるんだが……)

オムレツを口に運びながら、ここ二週間ほど、嫌になるほど悩んできた問題をまた考える。

(何とかできないか……?)

寄せては返す波のように自問が続く。

午前十一時四十分過ぎ——

ブルガリア領空を抜け、しばらく雲の中を飛び続けていたボーイング737型機は徐々に高度を下げ始めた。雲海がぱっと割れ、眼下に緑色がかった鉛色の海が一面に現れた。ギリシャ、ブルガリアと接するヨーロッパ側とアジア側（小アジア）との間に横たわるトルコの内海、マルマラ海だ。面積は琵琶湖の約十七倍。波立つ海面で貨物船が一隻、白い筋を引いて航行していた。

高度が下がるにつれ、眼下の船の数は増え、まもなく前方に陸地が見えてきた。赤茶色の四階建てくらいの住宅が、海のそばまでびっしり地上を埋め尽くしている。

三時間後――

但馬は、イスタンブール市街北東寄りの商業・住宅地ガイレッテペ地区を縁取るように延びるビュユクデレ通り沿いに建つカラデニツ銀行本店の国際部長室で、部長のアティラ・チェティナー、課長のレフィク・センチュルクと向き合っていた。

ロンドンとは二時間の時差があるイスタンブールは、そろそろ夕方の帰宅時刻だ。

「……なるほど。マーケットのトルコに対する見方がそんなに厳しいわけですか」

ソファーの向かい側にすわったチェティナーは、ウェーブのかかった頭髪を日本の銀行員のようにきちんと七・三に分け、鼻の下に立派な口髭をたくわえている。

かたわらで身体も顔も臼のようなセンチュルクがじっと話を聴いていた。

「我々にとっても予想外でした」

但馬が心なしか俯《うつむ》き気味にいった。

「大変残念ですが、現実を受け入れるより、仕方がないでしょうねえ」

チェティナーが肉付きのよい顔に、寂しげな微笑を浮かべた。

「それで、ミスター但馬、クロージング（調印）はいつやるんですか？」

二十代後半だが、頭髪がやや薄くなったセンチュルクが訊いた。

「まだローン契約書のドラフトも送られてきていませんが、準備は進めていただいているんですよね？」

真意を確かめるような視線を但馬に注いでくる。かたわらのチェティナーも真剣な眼差しになっていた。

「いえ……クロージングは、ちょっと難しいと思います」

但馬の口から、自分でも思いがけない言葉が飛び出した。頭の中は混乱していた。

（果たしてこんなことをいっていいのだろうか？　相手はどう出てくるだろうか？）

「ちょっと難しい、というのは？」

カラデニツ銀行の二人は眉根に皺を寄せた。

「確かに、案件は東西銀行がフルアンダーライト（全額引受）しました」

但馬の言葉に二人はうなずく。

「しかし、今回は湾岸紛争の影響でマーケットが変わりました」

「…………」

「我々も、今回のアンダーライティングについてどうすべきか、本店と協議しました」

但馬は嘘をついた。シンジケーションは明らかな失敗で、本店と協議すべきことは何もない。

「本件は『マーケット・チェンジ』であり、東西銀行は引受義務を負わないというのが、我々の見解です」

但馬が苦しげな表情でいった。自己嫌悪で頭の中が一杯だった。

「ミスター但馬、それはちょっと違うんじゃないでしょうか？」

チェティナーが相変わらず微笑を湛えていった。しかし、戸惑いと不快感を胸の内に押し込んでいるのは明らかだ。

「『マーケット・チェンジ』というのは、天変地異とか戦争、内乱、政府による外貨送金規制といった、明らかに予見不可能な出来事が生じたときに適用されるものだと思いますが？」

「今回の事態につきましては……湾岸紛争の影響で市場参加者のトルコに対するセンチメント（見解）が変化し、それによりマーケットが変化したと、我々は考えます」

二人に殴られてもおかしくないと思いながら、歯を食いしばるような気持ちでいった。

「しかしミスター但馬、紛争が起きたのは三ヶ月も前のことですよ」

チェティナーの顔から微笑が消えていた。「紛争の影響があるのは、ローンチ（シ団組成開始）の時点で、とっくにわかっていたことじゃないですか。だからこそ、我々も紛争発生前の倍近いプライスを呑んだんです」

「ええ……それは、重々承知しています」

但馬は返す言葉がなく、しばし沈黙した。

窓の外は薄暗くなり、眼下を走る左右合計八車線のビュユクデレ通りは、その上の高速道路から降りてくる車と地上を走る車が合流し、警笛がひっきりなしに鳴り響いている。

付近のビルやアパートには灯が点り始めていた。

「ただ、マンデートをいただいた時点と、現在では、市場参加者の態度が明らかに変わったといえると思います」

但馬がいうと、カラデニツ銀行の二人はますます表情を曇らせた。

「といいますのは、九月の終わりに我々がサウンディング（聴き取り調査）したとき、かなりの銀行が前向きで、三千五百万ドル程度なら集められる状況でした」

但馬は書類鞄の中から、数枚の資料を取り出した。サウンディングの結果（各行のコメント一覧）と予想参加額についてのメモだった。

カラデニツ銀行の二人が受け取り、記載内容を目で追い始める。

「ところが、十一月に入ると、各銀行は紛争が長引くと考え出し、トルコ物への参加を見合わせるようになったのです」

「それがマーケット・チェンジだということですか？」

資料から視線を上げ、チェティナーが訊いた。但馬に対する不信感がくっきりと顔に表れていた。十一月になって各銀行が考え方を変えたというのは、屁理屈以外の何物でもない。

「しかし、ミスター但馬、仮にそうだとしても、それは市場の見通しの範囲というべきで、マーケット・チェンジというのは、もっと厳格に解釈されるべきものじゃないですか？」

センチュルクが抗議するようにいった。これは正論である。

「我々は……今回の事態もマーケット・チェンジの一種と考えています」

但馬は、とにかく反論する以外に術《すべ》がない。

融資提案書末尾のマーケット・チェンジに関する一文には「in our opinion（我々〈すなわち東西銀行〉の意見において）」という句が挿入されており、ある事態がマーケット・チェンジに該当するかどうかは、東西銀行の判断に委ねられることになっている。しかし、本件が裁判で争われた場合、東西銀行の解釈は市場の慣行に反するとして退けられる可能性は十分にある。

「ミスター但馬、もう一度考え直していただけないでしょうか？」

チェティナーが懇願するような表情でいった。

「我々はこの二千五百万ドルをすでに資金繰りに入れています。これが使えないということになれば、資金繰りにつまずくとはいいませんが、融資をあてにしていた多くの取引先に迷惑をかけることになります」

但馬は能面のような顔つきで、小さくうなずく。

「わたしとしても、頭取や国内営業部門に対して顔が立ちません」

「…………」

「東西銀行がインフォメモに書いたように、トルコは湾岸紛争の影響でデフォルト（債務不履行）に陥るようなこともありませんし、カラデニツ銀行も業績は堅調に推移しています」

「…………」

「アンダーライトした二千五百万ドルを出していただけないと、せっかく築き上げてきた東西銀行とカラデニツ銀行の関係にも大きなひびが入ってしまいます」

チェティナーは懇々と訴え続け、但馬は能面のような表情でそれを聞いた。

その晩――

但馬はウィンドブレーカー姿で、イスタンブール随一の繁華街イスティクラール通りを歩いていた。

市のヨーロッパ側の中心地であるタクシーム広場から西南西の方角にある旧ジェノヴァ人

居住区に聳えるガラタ塔付近まで延びる長さ約三キロメートルの石畳の道であった。十九世紀に建てられた地中海諸国風の石造りの建物が軒を連ね、一階と二階には、ベネトン、ラコステ、ナイキといった外国のブランド品店、書店、楽器・CD店、レストラン、喫茶店、トルコ製ガラスや高級衣料品店、革製品店などが入っている。オスマン帝国時代からの赤いクラシックな路面電車が鉦《かね》の音をチンチンと控えめに鳴らしながらゴトゴト走る歩行者天国だ。

ショーウィンドーの煌びやかな光が落ちる石畳の道を、但馬はポケットに両手を入れ、重い足取りで彷徨《さまよ》うように歩いていた。

(俺は、なぜあんなことをいったんだろう?)

頭の中で果てしなく自分を責め続けていた。

(俺は、いったい何を守りたかったんだろう? 結局、銀行の中での自分の評価を守りたかっただけじゃないのか? ……所詮、俺はこういう人間だったのか?)

夜八時すぎだが、通りは祭りのような人出で、但馬は人波に揉まれるように歩き続けていた。

(しかし、今後一年間引受けできないと、羽をもがれた鳥も同然だ。……それは東西銀行にとってもトルコにとっても、よくないことなんじゃないか?)

次の瞬間、自分を正当化しようとしている自分に気づき、ますます嫌悪感が募《つの》る。

（一年以上かけて、チェティナーさんやセンチュルクといい関係を作ってきたのに……）

信頼は築くのに長い時間がかかるが、壊すのはあっという間だ。それをぶち壊したのは、ほかならぬ自分である。

（明日、彼らは何といってくるだろう……？）

この日の議論は平行線で、明日、もう一度話し合いをすることになった。

ふと気がつくと、右手にアーチ型の窓と正面に時計を嵌め込んだ灰色の石造りで三階建てのクラシックな建物が目に入った。

一八七六年にミラノのガレリアを模して造られた天蓋付きのアーケード「チチェク・パサジュ（花通り）」だった。内部は三階まで吹き抜けで、レストランがいくつも入っている。

イスティクラール通りには、ドイツ人高校や、フランス、スペイン、オランダなど欧州各国の領事館なども軒を連ね、かつてコンスタンティノープル（公式にイスタンブールに改称されたのは一九三〇年）が「東のパリ」と呼ばれ、ヨーロッパからオリエント急行で数多くの富豪や文人が訪れた時代を彷彿とさせるコスモポリタンな雰囲気を留めている。

（あんな強引なマーケット・チェンジを主張するなんて、国際金融マンとして恥ずべき行為だ。明日は正直に謝って、二千五百万ドル耳を揃えて融資しようか……？）

鬱々とした気分で歩いていると、背後で人が近づいてくる気配がした。

「よう、但馬君じゃないか？」

日本語の声に振り返ると、紺のベルベットの襟が付いたダークグリーンのフィールドコートを着た中年男が立っていた。顎鬚が濃い顔に、世捨て人を思わせる皮肉めいた微笑が浮かんでいた。

「冬木さん……！」

日和ヨーロッパでコーポレート・ファイナンス（企業金融）部長を務める冬木秀作だった。かたわらに細い身体をベージュのコートで包んだ若い外国人女性が寄り添っていた。細面に栗色の髪で、年齢は二十代後半に見える。

「何やってるんですか、こんなところで？」

「ちょっとトルコの様子を見に出張してきて、晩飯食いに行くところだ。……一緒に行くか？」

「こちらの方は？」

「ちょっとした友達だ」

どうやらガールフレンドらしい。

三人は、チチェク・パサジュから少しガラタ塔の方角に歩き、右に折れた場所にある路地へ入って行った。「バルク・パザル（魚のバザール）」という名の路地だった。

金角湾に向かって下る石畳の道の両側に、魚屋やシーフードレストラン、カフェなどがぎっしりと軒を連ね、行き交うトルコ人や観光客たちに客引きが賑やかに声をかけていた。魚屋の店先は眩い電球で真昼のように照らされ、真っ赤に塗った板の上に、鯖、カルカン（イボカレイ）、パラムット（鰹）、鱸《すずき》、鰯、バルブンヤ（金目鯛に似た赤い魚）、石鯛、太刀魚、ムール貝などが並べられている。

三人は通り沿いの一軒のレストランに入った。テーブル席が七つの小ぢんまりとした店で、奥のほうのテーブルで、中高年のトルコ人の男たち四人が食事をしていた。

「まあ、一杯やれよ」

冬木がグラスを差し出した。メートルグラス風の小ぶりのグラスで、「YENI《イエニ》 RAKI《ラク》」という銘柄名が藍色で入っていた。水を加えられたラクはカルピスのように白濁していた。

グラスを口に近づけると、茴香《ういきょう》の甘く癖のある香りがぷんと鼻をつく。

「この店はよく来られるんですか？」

店内の壁は艶やかな茶色い木で仕上げられ、昔のイスティクラール通りの白黒写真が飾られていた。出入り口のガラス戸の向こうには、道の向かいの魚屋や通りを行き交う人々が見える。

「彼女のアルメニア人の伯父さんがやっている店なんだ」

そういって、かたわらにすわった若い女性を見た。肩の辺りまである栗色の髪を額の真ん中で分け、眉毛の下の彫りがくっきりと深く、神秘的な感じの面立ちである。

「アルメニアの……」

「彼女もアルメニア人だ」

女性は、自分の名前はハスミクだと淀みない英語でいった。冬木がよく泊まる外資系のホテルで働いているという。目がやや吊り上がり、顎が尖った顔は猫を思わせる。

「トルコにはアルメニア人とかギリシャ人が結構住んでいるようですね」

前菜の「トピック」にナイフを入れながら但馬がいった。タマネギ、ティヒーナ（ゴマのペースト）、山ブドウなどを混ぜ合わせ、それを豆とジャガイモの皮で包み、シナモンを振りかけたアルメニア風コロッケである。

「オスマン・トルコは、ギリシャ人、アルメニア人、ユダヤ人に自治権を与えていたからな。このバルク・パザル（魚のバザール）は、ギリシャ人の店が多いそうだ」

「へーえ」

「彼らは、アテネなんかにいるギリシャ人は田舎者で、コンスタンティノープルの住人の末裔である我々こそが本当のギリシャ人であるといってるそうだ」

「面白いですね」

「それから、イスタンブールの高額納税者の一人はアルメニア人の女性だそうだ」

「へえ、何をやっている人なんです？」

「イスタンブールの公認売春宿の経営者だ」

それはマティルド・マヌキヤンという現在七十代半ばのアルメニア人女性で、アルメニア貴族の子孫だという。親から相続した不動産を人に貸していたが、あるとき賃料を払えなくなった店子から売春宿の経営権を譲られたのがきっかけで業界に参入し、稼いだ金でトルコ国内やキプロス、ドイツに多数の不動産やタクシー会社を所有しているという。

「イスタンブールのアルメニア人は虐殺されなかったんですか？」

オスマン帝国時代の一八九四年から一八九六年にかけてと、一九一五年から一九一六年にかけて、二度のアルメニア人の大量虐殺があった。トルコ政府は公式には認めていないが、百五十万人以上のアルメニア人が犠牲になったといわれ、両国の歴史に暗い影を落としている。

「虐殺は主に国の東部で起きたことで、イスタンブールのアルメニア人は、迫害は受けたが、虐殺されたり、追放されたりすることはなかったようだな」

ハスミクは酒を飲まないらしく、時おりミネラルウォーターを飲みながら、前菜の「トピック」を口に運んでいる。茶色いタートルネックに包まれた首が白く華奢であった。

「ところで、商売のほうはどうですか？」

「商売も何も、トレジャリーに格付けとらせて、サムライ（債）を出させようとしてた矢先に湾岸紛争が勃発したから、まったくどうしようもないね」

冬木は渋面を作った。

「そっちもあんまりいい状況じゃないらしいな？　カラデニツ銀行のシ・ローンはどうするんだ？」

組成が不調に終わったことは国際金融情報誌であるＩＦＲやユーロウィークにも書かれ、市場関係者の間では周知の事実になっている。

「実はそのことでイスタンブールに来たんですが……」

但馬は、国際審査部とカラデニツ銀行の板挟みになり、思わずマーケット・チェンジを主張してしまったことを話した。

「ほう、マーケット・チェンジねえ……。あんたもかなり追い込まれてるなあ」

冬木は苦笑を浮かべる。

「もう、穴があったら入りたい気分です」

「ふむ……」

ラクのグラスを手に、冬木は考え込むような表情になる。

「たぶん、あんたの主張どおりになるだろうな」

「え……？」

思いがけない言葉に、冬木の顔を見た。

「向こうは訴えたら勝てるかもしれないが、費用も時間もかかるだろう。半年くらい裁判やって勝訴して、融資してもらっても、その頃には湾岸紛争が終わって、今よりもっと安く借りられるようになってるかもしれん」

「…………」

「まあ、トレジャリーだったら、後々のためにしっかりけじめをつけさせるだろうが、カラデニツ銀行程度だと、そこまでやらんだろう」

メインディッシュのチュプラ（黒鯛）のグリルが運ばれてきた。体長二〇センチ余りの小ぶりなサイズで、体表に香ばしそうな焦げ目が入り、レタスとニンジンのせん切りが添えられていた。

「向こうも今ここで東西銀行に全額出させたら、今後しばらくは東西銀行は何もできなくなるとわかっているはずだ」

うなずきながら、但馬が黒鯛にナイフを入れると、肉の間からほわっと白い湯気が立ち昇った。

「俺が彼らの立場だったら、あんたに対して腹は立つが、むしろ今は恩を売って、将来のメリットにつなげることを選ぶな」

そういって冬木はチュプラの上にレモンを搾る。

「まあ、先方との関係は大幅に後退して、修復には時間がかかるだろうが……。そこは頑張ってやるしかないだろう」

（本当に、そんな決着になるんだろうか？　そうなってくれれば、救われることは救われるが……）

「ところで、あの銀行は大丈夫なのか？」

冬木がチュプラのグリルを頬張って訊いた。

「え？　カラデニツ銀行がですか？」

「色々調べてみたが、不良債権を相当抱えてるらしいな」

「うーん……」

ナイフとフォークを握った但馬の手が止まった。

カラデニツ銀行は一九五四年にチュクロヴァというトルコで三番目に大きな財閥によって設立された。現在も同財閥によって資本の過半数を握られており、チュクロヴァ財閥系の企業に対して法令による制限を超えた融資をしているという噂がある。

チュクロヴァ財閥はトルコ南東部のチュクロヴァ平原を本拠地とするエリイェシルとカラメフメットという二つの家族が創設した綿織物業に源を発するグループで、その後、農業機械や建設機械分野へと手を広げていった。株式を公開しておらず、メディアにもほとんど登場しないため、実態がよくわからない。

「確かに、チュクロヴァ・グループに対する過剰融資の噂があるので、僕も注意して見てますが……。ただ、こればっかりは、内部にいない限りわかりようがないですからねえ」

但馬はいった。「確かに心配は心配ですが、一応トルコ中銀の検査も受けていますし、それにあの銀行は、ドイツにいるトルコ人労働者の送金を扱っています。外貨資金が恒常的に入ってくるという強みがあります」

カラデニツ銀行はドイツに八つの駐在員事務所を設置し、トルコ人労働者たちに送金サービスを売り込んでいて、年間約五億マルク（約三億四千万ドル）の送金が振り込まれてくる。

「なるほど……不良債権はあるかもしれんが、外貨のキャッシュフローは強いわけか」

冬木はうなずいて、ラクを口に運んだ。

三日後——

但馬がロンドンに戻り、キング・ウィリアム通りのオフィスに出勤すると、副支店長の古沢から「今日の昼、空いてるか？」と訊かれた。予定は入っていないと答えると、「久しぶりに飯でも食おう」といわれた。珍しいことなので、何か特別の用事があるのだろうと思った。たぶん来年一月の参事補昇格の話で、いい話ではないと直感した。

通常の昇格は直前まで様子がわからないが、経営職階である参事補の場合、昇格の二〜三ヶ月前に候補者が選ばれ、銀行経営や所信に関する作文を提出させられる。

その日の昼——

但馬は、バンク・オブ・イングランドの真裏のロスベリー通り七番地の「オーバーシーズ・バンカーズ・クラブ」で古沢と昼食の席についた。

クラブは、一八六六年に建築されたベネチア・ゴシック様式、ポートランド石（英国ドーセット州ポートランド島産出の石灰石）造りの古色蒼然とした五階建てのビルの中にある外国人バンカー専用のクラブだ。談話室とレストランがあり、東西銀行の正会員は支店長の倉橋だが、倉橋の名前で予約さえすれば誰でも使うことができる。

天井が高く明るい室内には、背凭れの大きい列車の四人掛けの席のような変わった形のテーブルが並べられている。秘密が漏れないようにとの配慮からのデザインのようだ。ウェイトレスたちはほとんどが高齢の英国人女性で、頭にレースのホワイトブリムを着け、地味な黒のベストに黒のスカート姿である。

「お前、昨日、帰って来たのか？」

淡い緑色のリーク（西洋ネギ）のスープの皿を前に古沢が明るい調子で訊いた。いつもどおりのがらっぱちな喋り方である。

「はい。昨日の晩、トルコ航空で帰ってきました」

「そうか。まあ、やってくれ」

古沢は但馬にスープを勧め、自分もせかせかとスプーンで口に運ぶ。

「イスタンブールは、カラデニツ銀行のシ・ローンの件か？　あれはどうなりそうなんだ？」

「何とかマーケット・チェンジということで、向こうは納得してくれそうです」

冬木と夕食をとった翌日、チェティナー、センチュルクと再度話し合いをしたが、向こうは不承不承折れてきそうな雰囲気になっていた。頭取や国内営業部門とも相談の上、東西銀行に対して、最終的な返答をするという。

「そうか。あれをマーケット・チェンジにするとは、お前も豪腕だな」

古沢は愉快そうに笑った。「支店としては助かるが、向こうは相当不満を持ってるだろう？」

「ええ、それはもう」

うなずきながら、但馬は情けない気分だった。

「いつかどっかで挽回せんといかんな」

「はい。鋭意努力していきます」

但馬の言葉に、古沢がうなずく。

「実はな、今日、飯に呼んだのは、今度の昇格のことなんだ」

古沢の顔が一瞬翳り、但馬は、たぶん駄目なんだろうなと思う。

「ちょっと今回は難しそうなんだ」

古沢は単刀直入にいった。「人事と散々かけ合ったんだが、向こうはロンドン支店の国際金融課に三人候補がいて、三人とも上げるわけにいかんと、こういうわけだ」

「そうですか……」

「但馬は優秀な人材だから、支店の枠に関係なく昇格させるべきだと反論したんだが、説得し切れなかった。……誠に申し訳ない」

テーブルに両手をついて頭を下げた。

「いえ、そこまでしていただかなくても」

但馬は落胆を懸命にこらえる。

「巽君や若園君に比べて、わたしが見劣りするというのは、どういう理由からなんでしょうか？」

「はっきりいうとな、過去の点数だ。証券部とロンドン支店に来てからのあんたの点数は巽や若園とまったく遜色ない。要は、それ以前の積み上げの違いだ」

東西銀行の人事評価では、毎年の点数を累積して同期入行者の中で順位が付けられている。毎年の点数の上限は決まっており、急激に順位が変わることはない。入行式で新入行員代表で答辞を読んだ巽や、国際金融のスペシャリストの若園は最初からのエリートだ。片や但馬は、郊外店、商工店とどぶ板を踏み、頑固な性格から上司とぶつかることも少なくなかった。特に、二ヶ店目の小樽支店への転勤は左遷に近いものだった。最初の配属店で集金中に鞄をなくし、あとで無事警察に届けられて被害はなかったが、捜索の過程で上司が但馬をかばい、但馬も上司の顔を立てるためにやむなく口裏合わせをしていたところ、嘘がばれ、人事部出身の支店長から「こいつは若いくせに人間性に問題がある」と決め付けられ、厳しい人事評価を付けられたためだった。それを挽回するのに二、三年かかった。

「但馬、すまん！　今回は俺の借りにしておいてくれ。次の昇格は、お前を一番に上げるから」

メーカーの工場長のような副支店長は、ウェーブがかかった灰色の頭髪の頭を深々と下げた。

「とんでもありません。わたしの不徳の致すところです。一層精進しますので、これからもご指導のほど、宜しくお願い致します」

但馬も深々と頭を下げた。

昼食が終わると、別のアポイントメントに向かう古沢と別れ、但馬は一人で東西銀行のオフィスに戻る道を歩き始めた。

金融街シティは、いつものように昼食に出かけたり、休み時間に銀行や商店で用事を足すバンカーや勤め人たちが通りを行き交い、活気に溢れている。

但馬は、ロスベリー通りを左に折れ、マニュファクチャラーズ・ハノーバー銀行のロンドン現法があるプリンスズ通りを南東に下り、バンク駅を中心にした六叉路の大きな交差点を渡って、キング・ウィリアム通りに入る。

サダム・フセインの「人間の盾」に取られた同僚や友人たちの帰還を祈る「幸せの黄色いリボン」をスーツの胸に着けている人々がちらほらいる。イラクとクウェートでは、約千二百人の英国人が囚われの身となっている。

秋晴れの陽の光を浴びながら、但馬はポケットに両手を突っ込み、重い足取りで灰色の通りを歩いて行った。

(マーケット・チェンジで相手に泥をなすりつける、昇格は遅れる……。いったい俺は何をやっているんだ?)

砂を噛むような気分だった。

(俺はやはり、組織には向かない人間なのか……)

トップで参事補に昇格するのは、約百二十人の同期のうち三割ほどだ。自分の実績や頑張りが上位三割の中に入っていないとは思えない。

(ゴマすりでもできれば……ずっと楽に生きられるんだろうなあ)

しかし、ゴマすりほど自分に向いていないものはこの世にない。思ってもいないことを口に出すことに、ひどく苦痛を感じる性格なのだ。

二週間後——

昇格が見送られた但馬は、ひどく落胆した気分で仕事を続けていた。巽と若園からは励ましの声をかけられ、二人の気づかいは有難かったが、かえって敗北感が深まった。転職することも視野に入れ、以前アプローチされたことがある日本のヘッドハンターとも話を始めていた。ヘッドハンターからは、フランス系の銀行の東京支店のポジションがあるといわれた。

一方、カラデニツ銀行からは「不本意ながら、マーケット・チェンジを受け入れ、東西銀行の引受義務を免除する」という連絡があった。電話をしてきた国際部課長のセンチュルクからは「率直にいって、ミスター但馬とはしばらくお会いしたくない気分だ」といわれ、失われた信頼の大きさを思い知らされた。

その日、ある外銀とのミーティングを終えてオフィスに戻ると、デスクの上に「Please call Mr. Aikawa（ex. 2727）」という伝言メモが載っていた。

相川というのは但馬より七年次下の若手のカスタマー（顧客担当）ディーラーである。話しやすい性格の男で、よく為替や金利の見通しについて聞いたり、顧客の預金を担保に取るような案件の相談に乗ってもらったりしている。

「相川君、但馬だけど」

低いパーティションのあるデスクの電話から内線２７２７にかけた。

「あっ、但馬さんですか？　大変です」

声が緊迫していた。

「大変って、何が？」

「ＫＩＡがうちにある預金を全額引き出したいっていってきたんです」

「えっ、本当!?」

ＫＩＡはKuwait Investment Authority（クウェート投資庁）のことで、一千億ドル（約十二兆七千億円）に達するクウェート政府のオイルマネーの運用を統括している。傘下にロンドンを本拠地とするＫＩＯ（Kuwait Investment Office）があり、ＫＩＡは主として政府の国家一般準備金を運用し、ＫＩＯは将来世代準備金を運用している。両機関とも東西銀行の超大口預金先だ。

但馬は慌てて立ち上がり、一つ上の五階にあるディーリング・ルームに向かった。

ディーリング・ルームは、チーフ・ディーラー（肩書きは古沢と同じ副支店長）が扇の要の位置にデスクを持ち、その前の広いスペースに、モニター・スクリーンをそれぞれ四つ五つ備えたディーリング・デスクが向き合って十数席ある島が四つ並んでいる。島はそれぞれ、為替、マネー（金利）、デリバティブ（金融派生商品）、カスタマー（顧客担当）ディーラーたちの席だ。また、フロアーの片隅にガラス張りの個室があり、リスク管理をするミドル・オフィスのスタッフ三人が仕事をしている。総勢は約八十人で、あちらこちらで電話の話し声やキーボードをかちゃかちゃ叩く音、オープンボイス式にした電話から流れる外為ブローカーの声などがしていた。

「ヘイ、ガイズ、コール・ダラー円！（ドル円レート提示銀行を呼びまくれ！）」

「えーっと、そういう小さいのじゃなくて、百本（一億ドル）プライス探してほしいんだけど」

「トウェンティ・ファイブ・サーティ？（二十五銭で買い、三十銭で売り？）テン、マイン！（一千万ドル買った！）」

「ソーリィ、アイ・アム・エンプティ・ナウ（すいません。さっきのオファー、消えてます）」

キーボードを忙しく叩きながら、スクリーンの数字を確認している金利のディーラー、デリバティブの提案書を手に電話で取引先と話している女性のカスタマー・ディーラー、自分のポジションや日計表を睨みながら難しい顔つきの為替ディーラーなど様々で、さながらマネーを材料にする工場だ。

ワイシャツ姿の但馬は、左右にディーラーたちの背中がずらりと並び、床に機器類の配線が走る狭い通路を進み、カスタマー（顧客担当）ディーラーの島にある相川の席に行った。

「相川君、ＫＩＡが全額引き出したいっていう預金、いくらあるの？」

浅黒い顔の但馬は、近くにあった椅子を引っ張ってきて、相川のそばにすわった。

「八億ドル（約千十六億円）です」

小柄で敏捷そうな相川が手元の資料を見て答えた。まだ二十八歳で肩書きは主任である。

「八億ドル⁉　でかいね」

「ＫＩＡですからねえ」

「しかし、誰が連絡してきたの？　ＫＩＡはクウェートにあるから、音信不通だろ？」

「ロンドンのＫＩＯです」

「テストキーは？」

預金を動かすときは、顧客の身元確認のためのテストキーを使う。これは事前に交換してある乱数表を用いた暗号である。

「テストキーなしでやってくれといってきてます」

「うーん、そうなのか……」

但馬はうなった。難しい応用問題を突きつけられた気分だった。

「しかし、ＫＩＯにはＫＩＡの預金を動かす権限はないよなあ。事前にそんな取り決めもしてないし」

「おっしゃるとおりです。しかし、今は非常事態ですからねえ」

相川の言葉に但馬はうなずいた。

「とりあえず、ＫＩＯに行って、話を聴いてみるしかないか」

ＫＩＯのオフィスは、シティの西寄りのチープサイド通り百五十番地に建つ七階建てのビルに入居している。東西銀行のオフィスからは歩いて五、六分の距離だ。

数日後――

東西銀行ロンドン支店の支店長席の前にある丸テーブルで会議が開かれた。テーブルを囲んだのは、支店長の倉橋、副支店長の古沢、ディーリング・ルーム担当副支店長、太刀川バーレーン支店長、但馬の五人だった。

「……それで、KIOは、何ていってたの？」

銀髪にきちんと櫛を入れ、ダークスーツを着た支店長の倉橋が訊いた。

「はい、わたしと但馬君とで行ってみたんですが、KIAの副長官のアル・ガーニムがおりまして、国がイラクに占領されているため、テストキーは使えないが、彼の署名のある引出し依頼状を発行するので、それで手続きをしてくれということでした」

でっぷりと太った太刀川がいった。

シェイク・ラシード・アル・ガーニムは、クウェートの有力部族の出身で、同国の大手商業銀行の会長も務めている有力者だ。

「ほう、シェイク・ガーニムがロンドンに来ているのかね？」

「イラクが侵攻したとき、ヨーロッパで休暇を過ごしていたんだそうです」

「なるほど……。それで太刀川君は、どうしたらいいと思うかね？」

　倉橋が訊くと、太刀川は太った身体をテーブルの上に乗り出すようにした。

「異例の扱いをするわけですから、この際、うちがクウェートのボロワー（債務者）に融資している八千万ドルを相殺して、残りを解放すべきと考えます」

　吊り上がり気味の両目に、ぎらぎらした光が湛えられていた。

　東西銀行は、クウェートの銀行や消費者金融会社などに対して八千万ドルに上る融資債権を保有している。太刀川はこの機に乗じて債権を回収し、自分の手柄にしようと考えている。

「但馬は、どう思うんだ？」

　副支店長の古沢が訊いた。

「先般、ＫＩＯを訪問した際に、融資債権との相殺を打診しましたが、シェイク・ガーニムは強い抵抗を示しました」

　但馬の顔に丸テーブルを囲んだ人々の視線が注がれる。

「他行も、融資債権との相殺はやらずに、預金を解放する意向です。うちだけが強引なことをやると、将来に禍根を残すと思います」

「わたしはその考えに反対ですね」

　太刀川が中近東ビジネスの総責任者は俺だといわんばかりの顔つきでいった。

「そもそもテストキーなしで預金を解放すること自体、極めて異例な扱いをするわけで、先方にも相応の譲歩を求めるべきじゃないでしょうか？　失礼だが、但馬君には八千万ドルという巨額の焦付き債権に対する責任感や危機感がいささか欠けているような気がしますな」

敵意のこもった目で、じろりと但馬を一瞥する。

「他行もテストキーなしでやるのは間違いないのか？」

地味なチャコールグレーのスーツを着た古沢が訊いた。

「その点は間違いありません。すでに日和証券は、保護預かりしていた日本株をテストキーなしで解放したそうです」

それは冬木秀作から聞いた話だった。

「野村證券のほうは、あくまでテストキーがないと駄目だと突っぱねたら、その日のうちにＫＩＯ名義の全取引の解約通知が来て、大騒ぎになったそうです。クウェートが解放された暁には、ＫＩＡとの取引もすべて解消になるだろうということです」

「ＫＩＯとＫＩＡの全取引が解約……ぞっとしませんな」

古沢が苦笑して、支店長の倉橋のほうを見る。

ＫＩＯも十億ドル（約千二百七十億円）近い預金を東西銀行に置いている大口顧客だ。

「ただ、ＫＩＡについては、あくまでクウェートが解放された暁の話だと思います」

太刀川が反論した。「クウェートが解放されるかどうかは、まだ確たることはいえないのが現状だと思います」

東西銀行をはじめとするすべての金融機関は、世界が一致団結して、イラクをクウェートから追い出す日が来ることを望んでいる。すでに十一月八日に、米国のブッシュ大統領がホワイトハウスでの記者会見でペルシャ湾岸への米軍の大規模な増員派遣を発表し、イラク軍への攻撃作戦も想定していることを明らかにしている。

一方、サダム・フセインは、フランスやソ連に働きかけて西側陣営の結束に楔を打ち込もうとしたり、紛争をアラブ・イスラエル問題にすり替えてアラブ諸国陣営に亀裂を生じさせようと、あの手この手を繰り出してきている。

「お取り込み中のところ、失礼致します」

支店長の倉橋の背後からディーリング・ルームの中堅為替ディーラーが小さなメモ用紙を手に話しかけた。

「ん、何だね？」

倉橋は、肩越しに日本人ディーラーに視線をやった。

「サッチャー首相が辞任するそうです」

「ええっ、本当か⁉」

丸テーブルを囲んだ全員が、悲鳴のような声を上げた。

「間違いありません」

中年の日本人為替ディーラーは、確信に満ちた表情でうなずいた。ディーリング・ルームは銀行の中で一番早く情報をキャッチする部署だ。

「辞任の理由は何なんだ？」

古沢が訊いた。

「おとといの保守党党首選の一回目の投票で、かなりの反サッチャー票が投じられ、その一方で、ヘーゼルタイン（元国防相）が勢いづいているので、党の分裂を回避するために、周囲が説得して辞任させたようです」

但馬は、ショックを受けた。

（これで、湾岸紛争の解決が長引くのか……？）

イラクのクウェート侵攻に対しては、米国のブッシュ大統領より、英国の「鉄の女」のほうが怒っており、世界の指導者たちをリードして西側諸国を結束させ、強硬姿勢を維持させていた。つい最近も、米軍の増派に呼応し、英国のサウジアラビア派遣軍を増やし、派遣兵力三万人は米国に次ぐ規模となっている。

「為替は動いてるのかね？」

倉橋が訊いた。

「意外なことに、ポンドが買われています。やはりサッチャーでは、保守党は来年の総選挙で勝てないとマーケットは見ていたようです」

「辞任は好感されているわけか……」

「これはちょっと、イギリスの対イラク政策がどうなるか見極めてから、ＫＩＡの件を決めたほうがよろしいかもしれませんな」

古沢の言葉に、倉橋がうなずいた。

五日後（十一月二十七日）――

但馬はデンマークに出張し、夕方、スカンジナビア航空の飛行機でロンドン・ヒースロー空港に戻ってきた。

イランにフェタチーズを輸出している会社がオーフス（コペンハーゲンの西北西約一五〇キロメートルのデンマーク第二の都市）にあり、イランの銀行が発行したＬＣ（輸入信用状）の確認（保証）を東西銀行にやってもらえないかという話が持ち込まれ、詳細を詰めに行ってきた。

夕闇迫るヒースロー空港に機が着陸し、エプロン（駐機場所）で停止すると、乗客たちが席から立ち上がって、コートを着たり、頭上の荷物入れから荷物を下ろし始める。

但馬のすぐ前にいた英国人ビジネスマンが、隣りの席の同僚らしい男に話しかけた。

「It's Major.（おい、メージャーだぞ）」

意外だという思いが声に滲んでいた。同僚らしい男も顔に驚きを浮かべた。

（メージャー？　ジョン・メージャーが保守党の新しい党首になったのか⁉）

但馬にとっても驚きだった。

サッチャー辞任後、保守党の党首選は、マイケル・ヘーゼルタイン（元国防相、五十七歳）、ダグラス・ハード（外相、六十歳）という二人の重鎮と、若手のジョン・メージャー（蔵相、四十七歳）の三人が立候補していた。

戦いを制したのは、サーカス芸人の息子で高校中退のメージャーだという。

（意外な結果だが……メージャーは、イラクに対するサッチャー路線を踏襲するのだろうか？）

長身をトレンチコートで包んだ但馬は書類鞄を提げ、乗客たちが機内から降り始めるのを待ちながら、祈るような気持ちだった。


（下巻に続く）

ビア、ベネズエラの5ヶ国が設立した産油国の組織。本部はオーストリアのウィーン。略称「オペック」。現在は中東以外の国（アルジェリア、アンゴラ、エクアドル、ナイジェリア、ベネズエラ）を含む12ヶ国が加盟している。

PKK（クルド労働者党）

クルド民族のトルコからの独立を目指す武装組織で1974年に設立された。主としてトルコ東部でテロ活動を行い、1984年からの武装闘争ではトルコ軍との戦闘で3万7千人以上が死亡したとされる。1991年に最大の支援国であるソ連が崩壊し、トルコ軍の激しい掃討作戦で組織が弱体化した。2003年に現在の名称であるクルディスタン労働者党に改称した。

SEC（US Securities and Exchange Commission、米証券取引委員会）

米国証券取引委員会のこと。1934年に証券取引所法にもとづいて設立され、米国の証券行政を広範に管轄している独立行政機関。強力な権限を持っていることで知られる。委員会は上院の承認により大統領が指名する5人の委員で構成され、ワシントンに置かれている。

LC（letter of credit）

輸入信用状のこと。貿易相手の支払いを確実にするため、銀行が発行する支払い保証書。これにより、輸出業者は輸出代金の回収を確保して安心して商品の船積みを行い、輸入業者は、輸入代金を前払いする必要がなくなる。

NATO（North Atlantic Treaty Organization、北大西洋条約機構）

米国を中心とした米国・欧州諸国の軍事同盟。共産主義の脅威に対処するために1949年に発足した。条約の内容は、①国連憲章にもとづく紛争の平和的解決、②加盟国の１ヶ国でも攻撃された時は全加盟国への攻撃とみなし、必要ならば武力行使を含む行動をとる、など全14条。現在の加盟国は28ヶ国。

OECD（経済協力開発機構）

市場経済政策を採っている先進国間の政策協調を図るための国際機関。現在の加盟国数は34。政治と軍事を除く経済・社会のあらゆる分野の様々な問題点を取り上げて研究・分析し、政策提言を行っている。具体的な対象分野は、経済一般、貿易、投資、金融、財政、行政管理、競争、工業、農林漁業、開発援助、エネルギー、原子力、労働、高齢化、年金、医療、環境、科学技術、教育、農村・都市開発、運輸、観光など。ECA（公的輸出信用）に関する先進国間の過当競争を防止するためのガイドラインも定めている。事務局はパリにある。

OPEC（Organization of the Petroleum Exporting Countries、石油輸出国機構）

1960年に、イラン、イラク、クウェート、サウジアラ

EU のバスケット通貨。価値は 1ECU＝1Euro。

FRN（floating-rate note、変動利付債）

償還期限（満期）までの間、一定期間（通常6ヶ月）ごとに支払金利が変動する債券。従来、債券（ボンド）は固定金利が普通だったが、1970年代以降、金利の変動が激しくなったことにともなって開発された。

GNP（国民総生産）、GDP（国内総生産）

ある一定期間にある国で生産された財（商品）やサービスといった付加価値の総額。単純な生産額の総計の場合、原材料など中間生産物も重複計算して含められるので、それらは控除して産出される。その国の経済活動の状況や経済力を表す指標として用いられる。なお、GNP は外国に住む国民の生産量を含んでいるため、近年は、本来の国の生産力を示す指標として、外国での生産活動分を除いた GDP（国内総生産）を用いることも多い。

IMF（International Monetary Fund、国際通貨基金）

国際通貨・為替制度の安定化を目的に設立された国連の専門機関。本部はワシントンで、現在の加盟国は188。第二次世界大戦直後に締結されたブレトンウッズ協定によって、1946年3月に世界銀行とともに創設され、1947年から業務を開始した。国際収支の赤字を出している加盟国に返済期間1年から10年の融資を行い、国際収支改善のための経済政策の実行を義務づける。世界銀行がインフラ開発など長期開発案件や貧困削減目的の融資を行うのに対し、IMF はマクロ経済問題に注力し、国の短期の資金（外貨）繰りの改善を主要な役割とする。

された。本部はスイスのバーゼル。毎月、中央銀行総裁会議が開かれ、銀行の自己資本比率規制（BIS 規制）など国際金融上の諸問題やマクロ経済調整について話し合いがなされている。

BIS 規制

BIS が定めた国際業務を営む民間銀行の自己資本比率についての統一規制のこと。規制によると、自己資本の項目は普通株式や公表準備金などコアとなる自己資本と補完的自己資本に分かれ、少なくとも半分はコア項目で構成しなければならない。また、自己資本比率を計算する際の分母には、資産のリスク（危険度）に応じてウェイトづけした総資産を用いる。国際業務を行う銀行は自己資本比率を８％以上にしなければならない。目的は銀行の健全性を確保すると共に、各国間の競争条件を同一にすることにある。
2000年代後半から（日本では2007年３月期末から）は、リスク資産の評価、自己資本の維持・リスク管理、情報開示について、より高度な手法（オペレーショナル・リスク概念の追加、リスクウェイト評価に格付けを使用等）を求める第２次 BIS 規制が導入された。

BOT

「Build（建設）、Operate（操業）、Transfer（移転）」の略で、プロジェクトの建設と運営の方式を指す言葉。民間企業が資金を調達して施設を建設し、一定期間（20～30年という場合が多い）施設を操業して利益を上げ、建設費用と一定の利潤を得たのち、施設を地元政府や自治体に引き渡す。

ECU（European Currency Unit、エキュー）

1979年から1999年のユーロ導入まで用いられていた

ロイター、テレレート

ユダヤ系ドイツ人であるポール・ジュリアス・ロイターが1851年に設立した英国の報道および情報提供会社。2008年にカナダの情報サービス大手トムソンコーポレーションに買収され、現在はトムソン・ロイターの一部門。1980年代から1990年代中頃まで、金融情報提供端末（パソコンより一回り小さい）を金融機関等に置き、ニュース速報や、為替・金利・スワップ・オプション・シンジケート・ローンなどの情報を提供していた。現在は、パソコン画面に直接情報提供している。テレレート（マネーライン・テレレート社）は情報端末を通じて類似の金融情報を提供していた米国の会社で、2004年にロイターによって買収された。ロイターが為替情報に強いのに対し、債券情報に強かった。

ロードショー

国内や海外の複数の土地を巡回して行う対投資家説明会。

ワシントン・コンセンサス

米財務省、IMF、世界銀行の三者が共有する理念で、緊縮財政、民営化、市場の自由化を三本柱とし、世界的に自由市場経済を拡大するための政策。1980年代の中南米などの途上国債務危機に対処するための政策に源を発する。米財務省、IMF、世界銀行が米国のワシントンDCにあることからこう呼ばれる。

BIS（Bank for International Settlements、国際決済銀行）

各国中央銀行間の通貨売買（決済）や預金の受け入れなどを業務とする国際機関。第一次世界大戦で敗れたドイツの賠償金支払いを統括するため、1930年に設立融資より期間が長く、より多くのリスクを取る。日本では従来、経済産業省（旧通産省）がこうした貿易保険を提供していたが、2001年4月からは同省から分離された独立行政法人日本貿易保険（Nippon Export and Investment Insurance、略称 NEXI）が行っている。

輸入カバレッジ

輸入の何ヶ月分の外貨準備があるかを表す数値。国の外貨繰りの安定度を示す指標。

ライボー（LIBOR、London Interbank Offered Rate）

ロンドン銀行間取引金利。国際金融取引の基準となる金利で、各通貨ごとに存在し、その通貨の資金事情に応じて変動する。国際的な融資契約や FRN（変動利付債）において、金利は、ライボーに何%上乗せしたものとして決められる場合が多い。貸し手の銀行から見ると、ライボーが仕入れ値で、上乗せ金利（スプレッド）分が利益となる。

リスケジューリング（rescheduling）

返済を繰り延べすること。予定通りの返済が困難になった場合に、貸し手の承諾を得て、返済金額の減額や返済期間の延長などを行う。通称「リスケ」。

流通市場（セカンダリー）

すでに発行された証券が売買される市場のこと。これに対して、発行市場（または引受け市場、プライマリー）は、新たに発行される証券（株式・債券等）が証券会社によって引き受けられ、投資家に販売される市場のこと。

収益・法務面などの管理を行う部署。

ヤンキー債
米国の非居住者が米国市場において米ドル建てで発行する債券のこと。これに対して、日本の非居住者（外国政府・企業、国際機関等）が日本市場において円建てで発行する債券をサムライ債という。

ユーロ円債
日本国外において発行される円建ての債券。

ユーロ市場
政府による規制のない自由な国際金融市場を指していう言葉。ロンドンを中心に発展した米国外における米ドル建て預金市場であるユーロ・ダラー市場、米ドル以外にも通貨ユーロ、英ポンド、スイスフランなど各国通貨建て取引が行われるユーロ・カレンシー市場、中長期ローン（大部分は国際協調融資）の市場であるユーロ・クレジット市場、債券の市場であるユーロ・ボンド市場などがある。この場合の「ユーロ」は欧州や欧州の通貨であるユーロのことではなく、「発行国外」の意味である。

ユーロドル
米国以外で保有されている米ドルのこと。それにより発行される債券をユーロドル債という。

輸出信用（export credit）
自国の輸出を促進するための公的保険が付いた融資のこと。海外の輸入者が支払い不能に陥った場合に、被保険者となっている自国の輸出者（または融資を行った銀行）に対して保険金を支払う。一般に民間銀行の

マーチャント・バンク（merchant bank）
米国の投資銀行に相当する欧州（主として英国）の金融機関。18世紀に産業革命に伴う英国の貿易量拡大を背景に、貿易手形の引受け（支払保証）を初期の業務として発達した。双璧はベアリング・ブラザーズとNM ロスチャイルドであった。第二次大戦後はユーロ債の引受け・販売業者として中心的な役割を担った。しかし、1984〜1988年にかけて行われた英国のビッグ・バン（金融規制の緩和）以降は、資本力で優る欧米金融機関に次々と買収され、現在では小規模のマーチャント・バンクが残っているだけである。

マネー・マーケット
金融機関同士が通貨や TB（短期財務省証券）、CD（譲渡性預金）、CP（コマーシャル・ペーパー）などの短期金融商品を売買したり、資金（主として1年以下の短期資金）を預けたり預けられたりする市場。

マンデート（mandate）
借入人（発行体）が主幹事銀行（証券会社）に与える国際協調融資組成（証券発行）の委任。通常「何月何日付貴行提示の融資（発行）条件を受諾する」といった趣旨の簡単なレター。マンデートの出状により、その案件に関して借入人（発行体）と主幹事銀行（主幹事証券会社）の間に法的関係が発生し、融資団の組成（証券発行手続き）が開始される。M&A（企業買収）においても、顧客企業から企業売却などの仕事を委託されることをマンデートという。

ミドルオフィス
フロントオフィス（営業やディーリング部門）とバックオフィス（事務処理部門）の間にあって、リスク・

になる商品の値上がりリスクをヘッジするために、6ヶ月後に期限を迎える先物やコールオプションを買っておくこと。

ヘッジファンド（hedge fund）
私募形式で少数の機関投資家や富裕個人投資家から資金を集め、伝統的な投資対象（上場企業の株式や債券など）以外の資産（プライベートエクイティ、コモディティ、デリバティブなど）にも投資し、自由な投資スタイル（カラ売り、レバレッジなど）で運営される投資ファンドのこと。名称の「ヘッジ」が示すように、本来はリスクを極力ヘッジして、市況の良し悪しにかかわらず絶対的なリターンを目指すファンドを意味したが、現在では、高いレバレッジ（借入金で資産を膨らませ、自己資金に対する高率のリターンを狙うこと）やアクティビスト（物いう株主）的行動でハイリターンを志向するファンドが多い。

ポジション
為替や株の取引における、取引の持ち高のこと。買いが多い（現物や先物買いが多い）ときはロング（買い持ち）、その逆のときはショート（売り持ち）という。

マーク・トゥ・マーケット（mark to market）
資産を取得価格ではなく、市場の実勢価格にもとづいて時価評価する会計処理方法。先物やオプションのように、決済日が訪れるまでは損益が確定しないポジションを保有する場合には、当該取引をマーク・トゥ・マーケット処理して、時価（含み損益）を財務諸表に反映させなくてはならない。

けを集めることを請け合うことを「パーシャル・アンダーライト」、そのような請け合いなしで融資団の組成を試みることを「ベスト・エフォート・ベース」と呼ぶ。

ファイナル・テーク
国際協調融資における各参加銀行の最終参加（融資）額。引受銀行の場合は、引受額からシンジケーションにより一般参加銀行に販売した残りの額。

ブックビルディング（需要積上方式）
協調融資団の組成や証券の発行に際して、一定の条件を参加見込銀行や投資家に提示し、それに対する反応を選挙の票読みのように積み上げて、全体でどれくらいの需要が見込めるかを見極めた上で、融資や発行の条件を決定するやり方。

ブックランナー
「販売幹事」と訳される。国際協調融資の組成や株式・債券の発行において、協調融資団の組成（または株式・債券の販売）を担当する幹事銀行（幹事証券会社）のこと。幹事団の中で最も重要な役割で、主幹事を意味する場合にも使われることがある。

プロジェクト・ファイナンス（project finance）
プロジェクトの資産や将来の収益のみを返済原資とし、プロジェクトの出資者（プロジェクト・スポンサー）は、借入金の返済義務を負わない融資の形態。

ヘッジ（hedge）
価格変動リスクなどにともなう損失を相殺（予防）すること、あるいはその手段。例えば、6ヶ月後に必要

ノッチ（notch）
信用格付けの刻みを表す言葉。例えばトリプルA（Aaa）から1ノッチ格下げならAa1になり、2ノッチ格下げならAa2になる。

パートナー
法律事務所や会計事務所、投資銀行における共同経営者のこと。その事務所（投資銀行）の資産や損益はすべてパートナーに帰属する。現在、大手の投資銀行はすべて株式会社組織となり、パートナー制は廃止された。

バレル（barrel）
体積を表す単位で、原油や石油製品の計量に使われる。1バレル＝42ガロン＝158.987リットル。重さでは、1メトリック・トン＝約7.33バレル。

引当金（reserve）
将来発生が予想される損失や費用に備えて、予め準備しておく積立金のこと。代表的なものに、不良債権に対する引当金がある。引当金を計上すると、その分利益が減少する。

引受（アンダーライティング）
国際協調融資の組成や証券の発行において、必要な金額全額を集めることを請け合う行為。借入人（発行体）にとって資金調達が確実になる一方、金融機関にとっては、市場の需要を読み違えると巨額のポジション（売れ残り）を抱え込むリスクがある。そのリスクの対価が引受手数料である（通常0.25〜2.0％程度）。国際協調融資では、必要な金額全額を集めることを請け合うことを「フル・アンダーライト」、一部だ

投資銀行部（investment banking division）
投資銀行（証券会社）において、対顧客窓口となって、債券、株式、融資などの引受案件獲得やM&A（企業の合併・買収）を行う部署。

トランシェ（tranche）
国際協調融資や証券発行において、異なる条件の複数のローン（証券）がある場合、各ローンをトランシェと呼ぶ。

ドローダウン（drawdown）
金融機関から融資を引き出し、自分（自社）の銀行口座に資金を入金してもらうこと。

日経平均株価（日経平均）
日本を代表する株価指数。東京証券取引所1部上場銘柄から、流動性や業種別バランスなどを考慮して選ばれた225銘柄の平均値で、1分ごとに算出されている。

日本輸出入銀行
昭和25年に設立された政府系金融機関。主要業務は、日本企業の輸出や日本企業による海外投資を促進するための融資。1999年に海外経済協力基金と統合されて国際協力銀行（JBIC：Japan Bank for International Cooperation）となり、2008年10月に、株式会社日本政策金融公庫に統合された後、2012年4月に日本政策金融公庫から分離・独立した。

ノックダウン生産
他国や他企業で生産された主要部品を用いて、現地で組立てる生産方式。

が結ばれる。

デフォルト（default）
債務不履行のこと。投融資取引においては最も深刻な事態で、個人、民間企業、プロジェクトなどのほか、自治体や国家にも発生する。デフォルトが起きると、債務繰延べ（リスケジューリング）や債務削減交渉が行われて事態の打開が図られるが、多くの場合、投資家や金融機関は損失をこうむる。

デリバティブ（derivatives、金融派生商品）
通貨、債券、株式、商品などの価格変動を対象とした金融取引。日本語では「金融派生商品」と訳される。代表的なものに先物（一定の価格で将来売買を行うことを約束する取引）、オプション（一定の約定料を対価に、将来一定の価格で売買を行う権利を売買する取引）などがある。デリバティブを使用する目的は①価格変動リスクのヘッジ、②少額の原資で多額の投機を行うこと、などである。

投資銀行（investment bank）
米国では1933年のグラス・スティーガル法により証券業務と銀行業務の兼営が禁止されたが、証券業務を行う金融機関を投資銀行と呼ぶ。「銀行」という名が付いているが、業態としては証券会社である。主要な業務は株式、債券、M&A（企業買収）。顧客は大手事業会社、機関投資家、富裕個人客が中心。なおグラス・スティーガル法は1999年11月に廃止され、米国では投資銀行と商業銀行が合併するケースも出てきている。主な投資銀行に、ゴールドマン・サックス、メリル・リンチ、モルガン・スタンレー、JP モルガン・チェースなどがある。

想定元本

「名目元本」「みなし元本」ともいう。金融派生商品独特の概念。例えば金利スワップ取引は、金利部分の交換取引だが、何%という金利水準だけを条件として与えられても、具体的な取引金額が算定できない。想定元本とは金利スワップ取引の取引金額を、具体的に計算する基礎となる名目元本である。

ソブリン（sovereign）

国家を意味する語。ソブリン債務は国家の債務。ソブリン債券は、政府や政府関係機関が発行（または保証）する債券。

ツームストーン

国際協調融資や国際的な債券・株式の発行に際して作成される案件完了広告のこと。融資（債券・株式）の借り手（発行体）名、融資（発行）総額、主幹事銀行（証券会社）名、引受銀行（証券会社）名、一般参加銀行（証券会社）名、案件完了日などを記した文庫本程度の大きさの紙片を埋め込んだ厚さ 2 センチほどの透明なアクリル樹脂製の置物。形が西洋の墓石（tombstone）に似ていることからこう呼ばれる。M&A の完了に際しても作られる。

テーク・オア・ペイ（take or pay）

石油、天然ガス、水などの長期売買契約の一形態。買い手が、一定量の商品・サービスの引き取りを無条件で約束するもの。買い手は、約束どおりの商品・サービスの引き渡しを受けない場合でも、定められた金額を支払う義務がある。市場リスクを完全に買い手に転嫁できるため、売り手に有利な契約形態で、大型プロジェクトを成立させるためなどの目的でこうした契約

スワップ取引

異なる通貨または金利による支払債務を持つ者同士が債務を交換し、それぞれ相手方の債務を支払う契約。1981年に米国の投資銀行ソロモン・ブラザーズが世界銀行にドル建て債券を発行させ、これを IBM のスイスフラン・ドイツマルク建て債務と交換させたのが始まり。変動金利の債務を固定金利の債務に変えたり、ドル建ての収入を円建ての収入に変えたり、価格が変動する原油の調達コストを長期間にわたって一定にするといった取引のために用いられる。

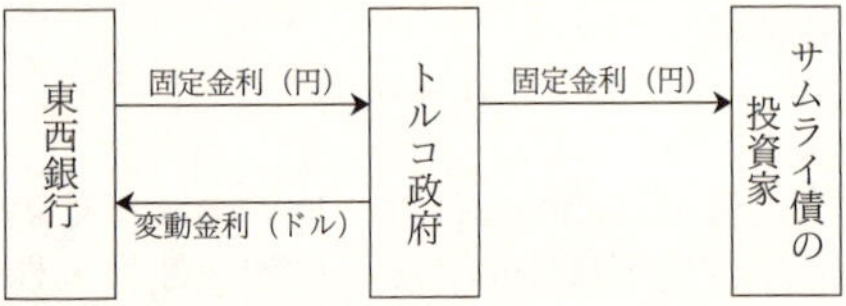

世界銀行（World Bank）

第二次世界大戦直後に締結されたブレトンウッズ協定によって、1945年に IMF と前後して創設された国連の金融機関。正式には世界銀行という名称の組織は存在せず、国際復興開発銀行（IBRD、the International Bank for Reconstruction and Development）と国際開発協会（IDA、International Development Association）の両方を、一般に世界銀行と呼んでいる。IBRD は主に発展途上国の政府やインフラ開発プロジェクトに対して長期（15～20年）の融資を行う。一方、IDA は最貧国に対する長期無利息の借款を供与している。これら二つの機関に姉妹機関である国際金融公社（IFC）や国際投資保証機構（MIGA）などを合わせて世界銀行グループと呼ばれる。

テーション（参加招聘状）やインフォメーション・メモランダム（借入人に関する様々な情報を盛り込んだ冊子）を送付し、参加銀行がそれらを検討した上で参加を受諾すること。ゼネラル・シンジケーション（一般参加行募集）ともいう。シンジケーションを開始することをローンチ（直訳は「進水」）という。

シンジケート・ローン（syndicated loan、協調融資）
一つの銀行では負担しきれない巨額の融資を、複数の銀行が融資団（シンジケート）を作ることによって実現する協調融資のこと。略称「シ・ローン」。1960年代から発達した。

スタンドバイ・クレジット（standby credit facility）
資金繰りに一時的な問題が生じている国に対し、IMFが供与する短期の融資枠。期間は12ヶ月から24ヶ月。借入国に対しては、国際収支や経済改善のための政策実行が義務付けられる。

スプレッド（spread）
上乗せ利鞘のこと。国際融資の場合はLIBORをベースにすることが多い。債券の場合は、最小リスク資産（米国債など）の利回りに上乗せする。例えば米国債の利回りが3％のときに、利回りが4.5％の債券を発行する場合、スプレッドは150ベーシスポイント（1.5％）である（1ベーシスポイント＝0.01％）。マージンともいう。

スポット（spot）
為替（通貨）、石油、天然ガスなどの商品を、その場限りの単発の売買契約で取引すること。

ジャンク（junk）
ジャンクは屑の意味で、格付けが投資適格（トリプルB格以上）に満たないダブルB格以下のローンや債券を指していう語。投資不適格、投機的等級、ハイイールド（高利回り）物などとも呼ばれる。信用が低い分、利回りは高い。

主幹事（lead manager または arranger）
協調融資団や証券（債券や株式）引受シ団の中で中心的役割を担う金融機関のこと。具体的には借入人（発行体）との条件交渉、融資団（引受シ団）の組成、融資契約書や目論見書の作成等を行う。主幹事は通常、一般参加の金融機関よりも大きな引受リスクを負い、多くの報酬を得る。

受託銀行（commissioned bank）
債券の発行体の委託を受けて、債券保有者のために元利金の受け払いや債権の実現を保全するための手続き（担保の管理・処分等）を行う銀行のこと。通常、発行体と取引関係が深い銀行が指名され、国債に関しては日銀がこの事務を行っている。

商業銀行（commercial bank）
日本でいうところの銀行。預金の形で集めた資金を企業や個人に貸し出す業務を行う。代表的な商業銀行としてシティバンク、バンク・オブ・アメリカ、HSBC（香港上海銀行）、ドイツ銀行、バークレイズ銀行などが挙げられる。

シンジケーション（syndication）
国際協調融資のための融資団（シ団）を組成すること。具体的には幹事銀行団が参加見込銀行に対してインビ

イアンス部は、個々の取引や会社全体としての法令遵守を確保する役割を担っている。

先物取引（futures）
ある商品（株式、債券、通貨など）を将来の特定の日に、あらかじめ定められた価格で売買する契約。通常、取引所に上場された銘柄の取引（取引所取引）を指す。一方、当事者同士が相対で取引する場合には、先渡契約（foward contract）と呼ぶ。

サブアンダーライター
アンダーライター（引受銀行）の下に入って、アンダーライターが引き受けた融資額（株式や債券の発行額）の一部を引き受ける金融機関のこと。引受手数料の一部をアンダーライターにピンはねされることが多い。

サムライ債
国際機関や外国政府・企業が日本の投資家を買い手として発行する円建ての債券。正式には円建て外債という。具体的には、例えばアジア開発銀行、南アフリカ政府、ウォルマート・ストアーズ（米）などが債券を発行し、日本にある証券会社を通じて日本の個人投資家や金融機関、事業会社などに販売する。

自己資本
貸借対照表の資本の部に表される会社の純資産。資本金、剰余金、積立金などの合計で、株式の発行とその会社が生み出した利益から生じたもの。自己資本が多いほど、企業の体質は健全である。

動性が高い（すなわち売買がしやすい）というメリットがある。

経常収支

国際収支を構成する項目の最も主要なもので、貿易収支にサービス収支、所得収支、経常移転収支を加減して算出される。金融機関の与信判断においては、企業の経常損益に似たような意味合いで受け取られている。なお、サービス収支は、国境をまたぐサービス（輸送、旅行、通信、特許料等）の収支。所得収支は外国から得た利子・配当や賃金などと、外国へ支払ったそれらの差額。経常移転収支は、政府間の無償資金援助や出稼ぎ労働者からの母国への送金等。

公募債、私募債

公募債は、個人投資家も含めて広く一般の投資家に販売する債券。

私募債は、生保や金融機関など特定の機関投資家に販売する債券で、一般に公募債よりも発行基準が緩やか。

コベナンツ（covenant）

様々な契約において、一定の行為を行うこと（あるいは行わないこと）を義務として課すこと、もしくはそのための条項のこと。例えばシンジケート・ローンの契約で借入人が一定の財務比率を維持する義務を課されたり、証券化の契約で「原資産を転売してはならない」とか「ローン・トゥ・バリューが80%を超えてはならない」といった義務が課されたりする。

コンプライアンス

「法令遵守」を意味し、法令、諸規則、企業倫理等のルールを守ることを指す言葉。企業におけるコンプラなく、新規で「売り」のポジションを持ち、それを買い戻すことによって利益を上げる手法。株式のカラ売りの場合は、証券会社などから借りてきた現物を市場で売却し、株価が下がったところで買い戻し、借りていた現物を返却する。

カントリー・リスク
取引相手国の主権にもとづく政策の変更や状態の変化から生ずるリスクのこと。政治リスクと国際収支リスクに大別される。具体的には、革命、戦争、国有化、外貨枯渇、外貨送金停止、対外債務のデフォルト（債務不履行）などが発生する危険性のこと。

機関投資家（institutional investor）
顧客から拠出された資金を有価証券（株式、債券など）を含む資産に投資し、運用・管理する法人投資家のこと。保険会社、年金基金、投資信託（ファンド）などがこれにあたる。

キャッシュフロー
企業活動（またはプロジェクト）により実際に生み出される資金（キャッシュ）の額のこと。企業（プロジェクト）の毎年の税引き後利益から配当金と役員賞与を差し引いたものに、減価償却費を加えて算出する。広い意味で、国家の資金繰りを指す場合もある。

グローバル債
二つ以上の市場（米国、欧州、アジア等）で同時に発行・販売される債券のこと。1989年に世界銀行がドル建てのグローバル債を発行したのが始まり。広い範囲の投資家を対象に販売できるので、一度に大量の資金を調達できるメリットがある。投資家にとっては、流借入れのコスト。これを計算する際には、一括で支払う手数料は融資のアベレージ・ライフ（平均残存期間）で除した上で金利に加える。例えば金利がLIBOR（ライボー）プラス１％で、アベレージ・ライフが５年のローンの組成手数料が１％の場合、オールイン・プライスは LIBOR＋１＋（１÷５）＝LIBORプラス1.2％となる。

オプション

デリバティブの一種で、ある商品（株式、債券、通貨、コモディティなど）を特定の日（または特定の期間中）に、あらかじめ定められた価格（行使価格＝ストライク・プライス）で売買することができる権利。相手から原資産を買うことができる権利をコールオプション（call option）と呼び、相手に原資産を売ることができる権利をプットオプション（put option）と呼ぶ。融資の借入人（債券の発行体）が期限前返済（償還）できる権利はコールオプション、融資の貸し手（債券の保有者）が期限前返済を求めることができる権利はプットオプションである。

格付け（credit rating）

国家や企業が発行する債券や発行体自体の信用リスクを、民間企業である格付会社が評価した指標のこと。具体的には、利払いや元本の償還が約束通りに行われる可能性を意味する。信用格付けには、債券の種類や満期などによっていくつもの種類がある。代表的な格付会社はムーディーズ、スタンダード＆プアーズ、フィッチの３社。

カラ売り（short selling）

過去に買って保有している物（株式等）を売るのでは

たが、1990年代に入るとブックランナーを別の銀行がやることも多くなった。

エクスポージャー（exposure）
リスクにさらされている金額のこと。企業や金融機関は、融資やデリバティブなどの取引を行う場合、各取引がいくらのエクスポージャーになるのかを計量し、いくらまでエクスポージャー（リスク）を取ってよいかを事前に決めておく。

エスクロウ・アカウント（escrow account）
信託口座のこと。政情や経済状況が不安定な相手国との商取引などにおいて、売り手と買い手の間に信頼の置ける中立な第三者（民間銀行など）を介在させ、金銭の安全な受け渡しを確保するための口座。

エマージング諸国（emerging countries、新興国）
1990年代以降、国際金融市場で注目を集めるようになったアジア、アフリカ、東欧、中南米などの国々。現在では、トルコ、インド、ベトナム、南アフリカ、ブラジルなどが代表格。

円借款
発展途上国に対して日本政府が経済開発援助として提供する長期、低金利の円建て融資。現在の金利は0.01〜1.70%、期間は15〜40年。従来、海外経済協力基金（OECF）がこの業務を行っていたが、2008年10月から独立行政法人国際協力機構（JICA）に移管された。

オールイン・プライス
オールイン・プライスは、金利に手数料を加えて出す

経済・金融用語集

アベレージ・ライフ（平均残存期間）
返済スケジュールを勘案した融資の実質年数のこと。例えば当初融資額30百万ドルで調印1年後を第1回返済日として半年ごとに6百万ドルずつ5回返済の場合、平均融資残高は1年目30百万、2年目21百万、3年目9百万なので、（30＋21＋9）÷30という計算により、アベレージ・ライフは2年となる。

インサイダー取引
会社の重要情報に容易に接近しうる者（役員、従業員、会計士、顧問弁護士等）が、そのような情報を知り、情報が未公表の段階で、当該上場会社等の株券等の売買等を行うこと。

インフラ
インフラストラクチャーの略で、経済活動の基盤を形成する基本的な施設のこと。具体的には、道路、港湾、空港、河川、農業基盤など。最近では、学校、病院、公園、通信ネットワークなども含まれる。

エージェント銀行（agent bank、事務幹事銀行）
協調融資団を代表して事務を行う銀行のこと。①融資団に参加している各銀行から資金を集め借入人（ボロワー）に送金、②借入人から元利金等の支払いを受け、各参加銀行に送金、③担保の管理、④融資団を代表して借入人と連絡・交渉、といった事務を行う。1980年代まではエージェント銀行がブックランナー（販売幹事）を兼務し、幹事団の中で最も地位が高い銀行だっ

この作品は二〇一一年九月毎日新聞社より刊行されたものです。

赤《あか》い三《み》日月《かづき》

小説《しょうせつ》ソブリン債務《さいむ》（上）

黒《くろ》木《き》亮《りょう》

平成26年12月5日　初版発行

発行人――石原正康
編集人――永島賞二
発行所――株式会社幻冬舎
〒151-0051東京都渋谷区千駄ヶ谷4-9-7
電話　03(5411)6222(営業)
　　　03(5411)6211(編集)
　　振替00120-8-767643
印刷・製本―中央精版印刷株式会社
装丁者――高橋雅之

幻冬舎文庫

ISBN978-4-344-42278-0　C0193　く-16-10

幻冬舎ホームページアドレス　http://www.gentosha.co.jp/
この本に関するご意見・ご感想をメールでお寄せいただく場合は、
comment@gentosha.co.jpまで。